모든 날들은
추억의 한 토막이 된다

고독이라는 말을 함부로 입에 올려서는 안 된다.
우리는 고독을 말하기 전에, 자기가 얼마나 순수하게
타인을 사랑할 수 있는지 생각해보아야 한다.

인생은 한 마리의 말이다. 경쾌하고 우람한 말이다. 우리는 그것을 기수騎手처럼 대담하게, 그리고 세심하게 취급하지 않으면 안 된다.

우리는 인생을 얼마나 괴로운 것으로 만들고 있단 말인가? 인생이 짧고 허망한 것인 줄 잘 알면서도 필사적으로 중대한 의미를 그 속에 부여하려고 애쓴다.

인생은 엄숙한 사건들과 큰 감동을 주는 동시에 익살스러운 모습들을 보여주는 것을 좋아한다.

나는 알고 있다. 아무리 힘들고 우울했던 날들도 아름답고 성스러운 기억의 한 토막이 되리라는 것을.

인생이 아름답고 행복하다면 그것은 놀이와 다를 바 없다.

고통으로부터 달아나지 말라. 고통의 밑바닥이 얼마나 달콤한지를 맛보라.

삶이 힘겨울 때에는 사람의 본성이 드러난다.

헤세의 생각

우리가 알지 못하는 것

화요일에 할 일을
목요일로 미루는 것을
한 번도 하지 못한 사람이 나는 불쌍하다.
그렇게 하면 수요일이 몹시 유쾌하다는 것을
그는 아직 알지 못한다.

행복과 고통은 우리의 삶을 함께 지탱해주는 것이며, 우리 삶의
전체라고 할 수 있다. 고통은 사람을 부드럽게도 만들고, 강철처
럼 단단하게도 만들어준다.

고통을 참아내는 인간은 강해지며, 괴로움을 인내하는 인간은
단단해진다. 그리고 고통과 괴로움을 모두 이겨내는 인간은 강함
과 단단함을 조화시킬 수 있는 능력을 가지게 된다.

인간의 고독은 곧 독립을 뜻한다. 누구 한 사람도 아는 이가 없는 곳에 사는 것은 즐거운 일이기도 하다.

모든 고통에는 한계가 있는 것처럼 보인다. 한계에 이르면 고통은 끝이 나거나 다른 모습으로 변하여 삶의 색채를 띠게 된다. 고통스러웠던 것만큼 나는 또 고독했다. 하지만 고독은 나를 더 이상 달랠 수도 없고, 아프게 할 수도 없는 독약과도 같았다. 나는 그 독성에 대한 저항력이 충분히 강해질 만큼 고독을 많이 마셨다.

자신의 고독, 그림을 그리거나 시를 쓰는 고독이 아니라 진정한 자신의 고독, 그에게 정해진 단 하나의 고독을 발견한 자는 행복한 사람이다.

고독할 줄 아는 사람의 가슴에는 무한한 행복이 깃들어 있다. 가슴속에 고독의 그림자를 간직하고 있는 자는 행복하다. 운명이 그에게로 찾아오고, 행복이 그에게서 나온다.

인간은 누구나 고독과 함께 산다. 고독의 맛은 쓰다. 시간이 지나면 나아지는 수도 있지만, 정도의 차이가 있을 뿐 고독은 늘 인간과 함께 있다.

인생은 고독할 수밖에 없다. 왜냐하면 인생은 남들에 대해 잘 모르기 때문이다.

고독이라는 말을 우리는 흔히 듣는다. 나는 이 말 속에 숨어 있는 위대한 의미를 생각한다. 그러나 함부로 고독이라는 말을 입에 올려서는 안 된다. 우리는 고독을 말하기 전에, 자기가 얼마나 순수하게 타인을 사랑할 수 있는지 생각해보아야 한다.

인생은 변덕스럽고 냉혹하며, 운명은 인간에게 전혀 친절하지 않다.

고독

지상에는
많은 길이 트여 있네.
하지만 내가 갈 길은
오직 하나뿐.

그대가 말을 타고 가든지 차를 타고 가든지
둘이 가든지 셋이 가든지
마지막 한 걸음은
자신의 발로 혼자 걸어야 한다네.

그러나 무엇을 알고 있어도
무엇을 할 수 있어도
반드시 해야 할 일
괴로운 일은 혼자 해야지.

나는 어느 정도 조예가 깊은 전문가로 통할 수 있는 자리인 문학 행사에서조차 또다시 나를 외톨이가 되게 만드는 고립감을 느껴야 했다. 그 고립감은 나의 내면에 인생을 진지하게 받아들이려는 까닭 모를 욕구가 자리하고 있는 반면, 다른 사람들은 모두 내가 알지 못하는 비밀스러운 게임 규칙에 따라 인생을 유쾌한 단체 게임으로 여기고 함께 즐기는 데에서 기인한 것이다.

삶을 익숙하게 뒷받침해주던 것들이 사라지거나 파괴되었을 때에 그것들은 비로소 진가를 드러낸다.

인간은 이 세상에 태어난 그대로의 자기 자신에 대해 비관하지 않아야 한다. 신이 부여한 재능과 결점을 긍정적으로 받아들이고, 그 마음가짐으로부터 앞으로 최선의 것을 만들려고 노력해야만 한다. 신은 우리들 각자를 배려하는 깊은 뜻을 숨기고 있는데, 그것을 받아들이지 않고 실천에 협력하지 않는다면 신의 적이 되고 만다.

인간은 저마다 자신의 운명을 손에 쥐고 있다. 그것으로 완전한 자신의 작품이자 자신의 것인 생활을 창조하지 않으면 안 된다.

인간의 육체는 가진 것 이상의 애정을 필요로 한다. 그러나 영혼을 깨끗하게 하고 성장시키는 데에는 우정이 필요하다.

나는 인간의 생활이 내 생각보다 훨씬 나은 것을 그 안에 가지고 있음을 안다. 그렇지 않다면 그것에 대해 이야기하는 것도, 그 안에 사는 것도 아무런 가치가 없다.

자기 자신과 사이좋게 지내지 못할 때에, 인간은 두려움을 느낀다.

위로

얼마나 많은 세월을 살아온 것일까.
그러나 살아온 것에 아무런 의미도 없었다.
무엇 하나 지금 소중히 가진 것이 없고,
아무것도 즐겁게 생각되는 것이 없다.

인생의 흐름은 수많은 모습들을
내게 굴려 보내왔지만
하나도 그것을 멈추게 하는 것은 허락되지 않았고
하나도 내게 상냥하게 대해준 것이 없었다.

하지만 설혹 그것들이 내 손에서 미끄러져 떨어져도
나의 마음은 이상하게도 깊고
모든 시대를 넘어 멀리
삶의 정열을 느끼는 것이다.

삶의 정열에는 의미도 목표도 없지만
가까운 것, 먼 것, 모두를 알고
아이들이 장난삼아 하듯이
순간을 영원으로 바꾸어버리는 것이다.

선택의 자유만 주어진다면, 인생에서 가장 중요한 것을 찾아내
는 일은 그다지 어렵지 않다.

그는 갑자기 이제까지의 긴 여정이 한눈에 환히 보이는 듯한 느
낌을 받았다. 이미 오래전부터 끊임없이 부서져 아주 작고 쓸모없
는 조각으로 되어버린 것들이었다.

그는 오래도록 헤매어 왔던 자기의 길을, 자기의 결혼 생활 전체
를 돌아보았다. 그것은 지루하고 우울하고 쓸쓸한 길처럼 생각되
었고, 그 길을 먼지투성이의 한 사내가 홀로 무거운 짐을 끌며 가
고 있었다. 뽀얀 먼지의 저편, 어딘가 보이지 않는 곳으로 청춘의
빛나는 산맥과 바람에 흔들리는 푸른 나뭇가지들은 사라지고 없
었다.

그렇다. 일찍이 젊었던 때가 있었다. 그것도 여느 젊은이들과는
달리 커다란 꿈을 안고 인생과 자신에게서 많은 것을 기대하고 있
었다.

그러나 이제는 먼지와 무거운 짐, 길과 더위와 지친 다리 외에는
아무것도 없이 오직 가슴속에 게으르고 낡은 향수鄕愁만 남아 있
을 뿐이었다. 그것이 인생이었다.

당신들의 생활은 당신들이 그것에 의미를 부여하려고 노력하는 꼭 그만큼만 의미를 가집니다.

인생은 모든 의미가 상실되는 순간에 가장 의미 깊은 것이 된다.

인생의 냉혹함 앞에서, 나도 당신과 마찬가지로 어쩔 줄 모르고 의기소침해진 채 서 있습니다. 하지만 나는 나의 생활에 되풀이하여 의미를 부여함으로써 이 무력감을 극복하려고 노력합니다. 생활에 의미가 있느냐 없느냐 하는 문제는 나의 책임은 아니며, 오직 한 번뿐인 인생을 어떻게 하는 것이 나의 책임인지만을 생각하고 있습니다. 당신네 젊은이들은 어처구니없게도 그 책임을 내팽개치려고 하는 것같이 내게는 보입니다.

인간에게 주어진 진정한 임무는 자기 자신에게 이르는 것이다.

인간은 유일무이한 존재이다. 오직 단 한 번뿐인, 그리고 결코 다시는 돌아오지 않을 세계의 운명이, 대자연이 만들어낸, 매우 특별하며 소중하고 비범한 재능을 지닌 유일무이한 각각의 존재들이다.

진실이 무엇이며 인생은 본래 어떤 모습으로 만들어졌는가 하는 것은 사람들 각자가 생각하여 답을 구해야지, 책에서 배울 수 있는 것이 아니다.

꽃향기를 맡고 있으면 나는 옛날로 돌아간다. 오래전에 나의 것이었으나 그 뒤에 사라져버린 아름다운 무엇이거나 소중한 것에 대한 추억이 꽃향기와 연결되어 있음을 느낀다.

음악을 듣는 경우도 마찬가지며, 때때로 시도 같은 작용을 한다. 그때에는 무언가가 번쩍 빛나고 아주 짧은 순간 잃었던 고향이 갑자기 아래 골짜기에 가로놓여 있는 듯이 여겨진다. 그러나 그것은 곧 사라져 잊히고 만다.

오직 지금 자기에게 주어진 길을 똑바로 나아가는 것이 중요하다. 다른 사람의 길과 비교하여 곁눈질하는 짓은 바람직하지 않다.

우리 모두는 자신의 고유한 생활 속에 살지 않으면 안 된다. 새롭고 독자적이며, 어렵지만 항상 아름다운 생활 말이다.

인생을 위한 규범이란 없다. 인생은 개개인에게 서로 다른, 오직 한 번뿐인 임무를 부여한다. 태어날 때부터 무능한 사람은 있을 수 없고, 능력이 부족한 가엾은 사람일지라도 그런대로 가치 있고 참다운 생활을 할 수 있다. 자기에게 부여된 생활과 특별한 임무를 받아들여 성실하게 실현하려는 사람만 남들과 구별되는 어떤 의미를 가지게 된다. 이것이야말로 참다운 인간성이라고 할 수 있는 것이어서 끊임없이 고귀한 빛을 발한다.

나는 살아가는 일을 쉽게 해줄 지혜를 가지고 있지 못합니다. 인생은 편안한 것이 아닙니다. 설혹 그렇다고 해도 인생이 즐거운 것인지 아닌지 묻는 질문을 해서는 안 됩니다.

인간의 삶은 던져진 공처럼 날아가는 궤도가 결정되어 있다. 자신의 운명이 누군가에 의해 뒤틀리거나 조롱을 받고 있다고 생각해도, 사실은 이미 정해진 선을 따르고 있는 것이다.

　　운명은 우리의 밖에 있는 것이 아니라 안에 있다. 그러므로 인생의 표면, 즉 눈에 보이는 것은 별로 중요하지 않다. 중대하다고 생각되고, 비극적이라고까지 말해지는 일도 하찮게 보일 때가 있는 것이다. 인간은 마음속에 소중한 것을 지니고 있다. 누구도 외부에서 도움을 받을 수는 없다. 자기 자신과 잘못 사귀지 않고, 자기 자신을 사랑하고 믿으면 모든 일이 잘 풀린다.

　　인간은 꾸며진 이야기인 비극을 보고도 털썩 무릎을 꿇으며, 바르게 깨닫지 못했던 사실 때문에 괴로워하고 멸망해간다.

　　누군가를 미워하고 있다면, 그 사람의 모습에서 보이는 자기 자신의 일부분을 미워하는 것이다. 인간은 자기의 일부가 아닌 것은 미워하지 않는다.

살아가는 것을 참을 수 없다고 말하고 또 비난하며 탄식하는 것은 삶에 대한 애정의 뒤틀린 표현이다.

괴로워할 줄 아는 것은 인생의 반을 산 것이요, 괴로움을 참을 줄 아는 것은 완전한 삶을 살고 있는 것이다.

당신은 지금까지의 생애 동안 여러 가지를 찾아 헤맸다. 당신은 명예를, 행복을, 지식을, 그리고 당신의 작은 아이리스 즉 나를 찾아 헤맸다. 그러한 것들은 모두 아름다운 그림에 지나지 않았다. 그리고 내가 당신에게서 떠났듯이 모두 당신에게서 떠났다.

나에게도 그 같은 고통이 있었다. 나도 언제나 끊임없이 무언가를 찾아 헤맸는데, 그 모두는 사랑스럽고 아름다운 그림이었다. 마찬가지로 그것들은 내게서 떠나갔다.

지금 나는 고향으로 돌아가려 하고 있다. 한 걸음만 내딛으면 고향에 닿을 것이다.

인생은 깊고 슬픈 밤과 같은 것이어서 때때로 번갯불이 번쩍이지 않으면 참으로 견디기 어려워진다. 번갯불의 갑작스러운 번쩍임은 몇 초 동안에 몇 년의 어둠을 뚫고 지나가는 것 같으며, 그 순간 우리에게 충분한 기쁨과 위안을 준다.

인간은 누구나 세계의 중심이다. 세계는 그의 주위를 제멋대로 빙빙 돌고 있는 것처럼 보인다. 인간과 그가 살아가는 하루하루가 세계사의 정점이고 종점이다. 세계사의 뒤쪽에는 수천 년에 걸친 민족들의 흥망이 있고, 앞쪽에는 허무가 있다. 지금 이 순간에는 세계사의 모든 기구가 각 개인에게 봉사하고 있는 듯이 보인다. 인간은 자기가 세계의 중심이며, 다른 모든 것들이 물결에 떠내려가더라도 자기만은 기슭에 서 있는 것으로 여긴다.

자기가 걸어왔던 걸음걸이들 또는 자기가 죽인 수많은 생명들에 대해 후회해서는 안 된다.

헤세의 생각

어둠, 위로를 받을 수 없는 암흑이 매일 생활을 무섭게 에워싼다. 인간은 무엇을 위해 매일 아침마다 눈을 뜨고 먹고 마시고 다시 잠드는 것일까?

어린아이, 야만인, 건강한 젊은이, 동물들은 이처럼 무심하게 반복되는 일이나 행동 때문에 괴로워하지 않는다. 사색의 필요성을 모르는 자는 이러한 생활에 만족하며 변화를 구하지 않는다.

반면에 이러한 생활을 당연한 것으로 여기지 않는 자는 하루하루의 일어나는 일을 주의 깊게 살피고 의미를 찾는 순간을 가진다. 그러한 순간을 창조적인 순간이라고 불러도 좋을 것이다. 왜냐하면 그것은 창조주와 일치하는 감정을 가지는 순간이며, 그때에는 평소 같으면 우연이라고 생각했을 일들이 무언가 의미를 가진 것으로 여겨지기 때문이다.

이는 신비주의자들이 신과의 합일이라고 부르는 것과 비슷하다. 다른 모든 시간들이 어둡게 생각되는 것은 이 순간의 파격적인 밝음 탓일 것이다.

어두웠던 나날의 추억도 아름답고 신성한 소유물이다.

인생은 짧다. 우리는 그 짧은 인생을 많은 고생과 술책과 낭비로 헛되이 지내고, 괴로운 것으로 만들어버렸다.

얼마간의 즐거운 때와 얼마간의 따뜻한 여름날이 있기는 했다. 그 여름날의 밤이나마 마음껏 마시면서 즐기고 싶다.

빛이 거울에 반사되어 어두운 방 안에 비쳐들 듯이 때로 현재의 한가운데에서 아무것도 아닌 것이 계기가 되어, 특히 잊고 있던 과거의 한 조각이 반짝 빛나서 놀라거나 불쾌한 생각이 들 때가 있다.

채 익기도 전에 떨어진 과일은 아무짝에도 쓸모없다.

그녀가 좋아하는 생활은 꽃과 음악과 한두 권의 책을 가까운 곳에 두고, 정적 속에서 누군가 찾아오지 않을까 하고 기다리는 그러한 것이었다. 그리고 세상일은 되는대로 내버려두었다.

헤세의 생각

낙엽을 보면 나는 때때로 슬퍼지기도 하고, 웃고 싶어지기도 한다. 낙엽과 마찬가지로 나도 번뇌에서 벗어나 죽음을 조금이라도 연기시키고 싶어 오늘은 뮌헨, 내일은 취리히, 하는 식으로 방황하다가 다시 집으로 돌아간다.

"왜 이처럼 방황하는 것일까" 하고 스스로에게 물어보다가 슬퍼진다. "이것이 인생의 놀이니까" 하고 대답하고 나는 웃는다.

아침은 신선한 때, 새롭게 시작하는 때, 젊음과 기쁨과 충동이 일어나는 때라고 일컬어진다. 하지만 내게는 화나고 괴로운 때라서 아침과 나는 서로 사랑할 수 없었다.

아침은 나의 생활을 무겁고 괴롭고 다루기 어려운 것으로 만든다. 게다가 아침에는 위험하고 얄밉기까지 한 일들이 소란하고 떠들썩하게 나의 눈앞을 가로막아 선다.

한낮이 되어서야 겨우 나의 생활은 참을 만한 것이 된다. 운이 좋은 날에는 나의 생활이 오후 느지막이 그리고 밤에 상냥한 신의 빛을 받아 조화롭게 되고, 마법과 음악으로 가득 차며, 불쾌했던 수천 시간에 대해 훌륭한 보상을 받는다.

내가 싫어했던 사람은 내가 가지고 있는, 그러나 내가 버리고 싶었던 모습을 가진 사람이었다.

잠들 수 없는 밤이란 언제나 성가시기 짝이 없다. 하지만 착한 일을 생각하고 있노라면 그럭저럭 견딜 수 있다.

누워서 잠이 오지 않으면 화가 나기 쉽고, 그래서 불쾌한 일들이 자꾸 떠오르게 마련이다. 하지만 자기를 억제하여 착한 일을 생각할 수도 있다.

알 필요가 있는 것들을 직접 맛보는 것은 좋은 일이다.

속세의 쾌락이나 부귀는 좋은 것이 아니라는 사실을 나는 어릴 적부터 배워왔다. 그러나 그것을 온몸으로 체험한 것은 불과 얼마 전의 일이다.

이제 나는 잘 알고 있다. 머리로만 알고 있는 것이 아니라 눈으로, 마음으로, 위장으로 알고 있다. 아아! 그것을 알게 된 것은 다행한 일이었다.

밤마다

밤마다 너의 하루를 검토하라.
그것이 신의 뜻을 따른 것인지
너의 행위와 너의 성실성에 기뻐할 수 있는지
불안과 회한에 쫓긴 부질없는 것은 아니었는지를.
네가 사랑하는 자의 이름을 입으로 말하고
미움과 부정을 조용히 고백하라.
마음속의 모든 악을 부끄러워하고
어떤 그림자도 침상으로 끌어들이지 말고
모든 근심을 마음에서 털어버리고
영혼이 멀리 편안하게 쉴 수 있도록 하라.
그리고 깨끗해진 마음으로
평화롭게 네가 사랑하는 것들을
너의 어머니를, 너의 유년 시절을 추억하라.
보라! 그러면 너는 깨끗해져서
많은 금빛 꿈이 위로해주는
서늘한 잠을 충분히 자고
밝은 마음으로 새로운 날을 맞아
영웅으로서 승리자로서 출발할 수 있는 것이다.

그는 이 세상이 너무나 비참한 것을, 그런데도 인간이 아주 즐겁게 살아가고 있는 것을 보면서 놀라지 않는 날이 없었다.

번뇌의 한쪽에 즐거운 웃음이 있고, 장례식의 종소리와 함께 아이들의 합창 소리가 들리며, 궁핍함과 비참함의 곁에 위로와 미소가 있는 것을 보면 볼수록 이 세상은 참으로 기묘하게 감동적이라고 생각하지 않을 수 없었다.

운명이 한쪽에서 지켜보고 있는 듯 무슨 일인지 일어날 것만 같은 날이 있다. 이러한 날에는 자기 마음의 혼란이나 고장이 주변에 반영되어 세계를 비뚤어지게 만든다.

불쾌하고 불안하여 가슴이 답답해지면, 우리는 그 원인을 우리의 밖에서 찾는다. 이 세상이 나쁜 탓이라고 여기며, 가는 곳마다 저항에 부딪힌다.

범한 죄를 그대로 두고 잠시 동안 새로운 죄를 짓지 않는다면, 우리는 그것을 기쁜 일로 여겨야 하겠습니까?

헤세의 생각

번뇌하고 있거나 어려운 처지에 빠진 사람을 만나면, 여러 가지 생각이 들고 걱정하게 된다. 그러한 사람들 앞에서는 자기의 사는 방식을 정당화하기 어렵다.

　하지만 번뇌나 어려운 일을 입 밖에 털어놓는 것은 꼭 필요하다. 그렇게라도 하지 않는다면 어떻게 살아갈 수 있겠는가?

　너는 남에게 말할 수 있는 이상의 것을 생각하고 있는 듯하다. 그러나 만약 그렇다면 너는 생각하고 있는 것을 모두 실천하지 못했다는 사실도 알고 있을 것이다. 그것은 좋은 일이 아니다. 우리가 실천할 수 있는 일만이 가치 있다.

　내가 스스로 노력해왔던 것, 믿고 있었던 것이 모두 허무하고 어리석은 일로 생각되는 날이 있다.

　그 반면에 내 생활이 대단히 괴로운 것이기는 해도 올바르고 성공한 것으로 여겨져 만족하는 날도 있다.

우리가 어떤 사람을 미워한다면, 그것은 우리 자신 속에 있는 무언가를 그 사람을 통해 미워하는 것이다. 우리 자신 속에 없는 것이 우리를 흥분시키지는 않으니까.

우리는 꿈속의 술이 얼마나 빨갛고 얼마나 감미로운지를 알고 있으므로 서로 남의 꿈을 망가뜨리지 않아야 한다.

우리는 얼마나 비참하고 초라한 생활을 하고 있는가!
아아! 우리는 다르게 살지 않으면 안 된다. 다른 인간이 되지 않으면 안 된다. 좀 더 많은 시간을 혼자 지내고, 아름답고 위대한 것이 지닌 비밀에 좀 더 가까이 다가가지 않으면 안 된다.

내가 준 것보다 훨씬 많이 인생이나 벗들로부터 받은 것을 나의 운명이라고 할 수밖에 없다.

촛불을 끄면
열린 창으로 밤이 흘러들어
부드럽게 나를 안고
나를 벗으로 삼고 형제로 삼는다.
우리는 똑같이 향수로 괴로워하고
갖가지 고향 꿈을 꾸고
그리운 옛날 일을
마주 소곤거린다.

삶은 자기의 앞에 놓인 것들을 밟고 넘어가는 것, 한 걸음 한 걸음 착실하게 앞으로 나아가는 것이다. 마치 주제와 템포가 차례차례 바뀌어 한 곡의 음악이 완성되듯이. 결코 지치는 일이 없이 완성된 작품을 뒤에 남기면서.

커다란 성공을 바라지도 않고, 강요당하지도 않으며, 고립되지도 않는 명성은 명성 중에서 가장 감미로운 것이다.

밤바람이 창문 밖 나뭇가지에서 술렁대고, 달빛이 돌 위를 비춘다. 고향의 벗이여, 너희는 무엇을 하고 있는가?

너희는 손에 꽃을 들고 있는가? 수류탄을 쥐고 있는가? 아직 살아 있는가? 너희는 내게 그리운 편지를 써줄 것인가? 나를 헐뜯는 글을 쓸 것인가?

너희 좋을 대로 하라. 하지만 한순간이라도 좋으니 인생이 얼마나 짧은지를 생각해보도록 하라.

친구는 기쁨을 두 배로 해주고, 슬픔을 반으로 만들어준다.

큰 일에는 진지한 태도로 임하면서 작은 일에는 손을 대지 않는 것을 당연하게 생각하는 마음, 목적은 항상 거기서부터 생겨난다.

인류는 존경하지만, 자기의 아랫사람은 업신여긴다. 조국이나 교회나 정당은 신성한 것으로 여기지만, 일상적인 일은 시들하게 생각하여 거칠게 처리한다.

헤세의 생각

노을 속의 백장미

슬픈 듯 너는 얼굴을 잎새에 묻는다.
때로는 죽음에 몸을 맡기고
유령과 같은 빛을 숨쉬며
창백한 꿈을 꽃 피운다.

그러나 너의 맑은 향기는
아직도 밤이 지나도록 방에서
최후의 희미한 불빛 속에서
한 가닥 은은한 선율처럼 마음을 적신다.

너의 어린 영혼은
불안하게 이름 없는 것에 손을 편다.
그리고 내 누이인 장미여, 너의 영혼은 미소를 머금고
내 가슴에 안겨 임종의 숨을 거둔다.

이른바 현실이라는 것은 내게는 그다지 큰 역할을 하지 못하고 있다. 과거가 때때로 현재와 마찬가지로 내 마음을 충만하게 해주는 반면, 현재는 늘 멀리 떨어져 있는 것같이 느껴진다. 나는 미래까지도 대부분의 사람들처럼 과거나 현재와 분명하게 구별하지 못한다. 그래서 오히려 현재보다 미래 속에서 사는 경우가 많다.

나는 일찍이 세상이라는 것을 좋아한 적이 없었다. 이름이나 도장 등을 통해 나를 겨우 아는 사람들 틈에 살아가면서 진심으로 즐거워한 경험이 없다. 나의 생활은 아무리 사적인 것이라고 해도 충족된 때가 없었다.

9월의 사프란 꽃길을 걸으면서 사프란을 찾으면 한참이나 헤맨 끝에 겨우 하나쯤 발견하는 것이 고작이다.

추억도 찾으려고 하면 좀처럼 발견되지 않는다. 그러나 하나나 둘이 발견된 뒤에는 갑자기 셀 수 없을 만큼 많은 추억이 새가 떼를 지어 날듯이 잇달아 떠오른다.

지금은 나도 명성과 성공이 무엇을 의미하는지 잘 알고 있다. 오늘날의 명성은 한 인간이나 필생의 작품에 부여되는 것이 아니라 중판을 거듭한 기록과 유행에 던져진 성공이다.

　어제 유명해져서 다투어 읽혔던 작품의 인기가 땅에 떨어지고, 내일 작가가 새로운 작품을 써도 그토록 원고 청탁을 했던 편집자들로부터 괄시를 받는 일이 허다하다.

　박애주의자나 염세주의자는 우정을 나눌 친구로 삼기에는 맞지 않는 면이 있다. 전자는 사람을 너무 쉽게 믿으며, 후자는 사귀기가 매우 까다롭다. 전자는 모든 인간을 받아들이며, 후자는 상대를 가릴 뿐만 아니라 거부하기까지 한다.

　명성이나 좋은 술, 사랑이나 지성보다 더 귀하고 더 나를 행복하게 해준 것은 우정이었다. 타고난 나의 우울증을 고쳐주고, 나의 청춘 시절을 상하지 않게, 생생하게, 아침노을처럼 부드럽게 감싸준 것은 결국 우정뿐이었다.

내게 고향의 작은 마을은 아직도 작은 마을의 전형이고 원형이다. 또 그곳의 인간이나 역사는 모든 인간의 고향과 인간 운명의 전형이고 원형이다. 타향에서도 무언가 새로운 것, 즉 골목·문·뜰·노인·가족 등을 알게 될 수 있다. 그러나 새로운 것이 내게 정말 생생하게 느껴지는 것은 거기에 따른 무언가가 아주 조금이라도 고향이나 옛날을 떠올리게 해주는 순간이 있기 때문이다.

벗과 함께 와인을 마시며 한때를 보내고, 인생에 대해 악의 없는 잡담을 나누는 것은 인생에서 행복을 맛보는 최고의 시간이다.

나는 오랫동안 직업도 가족도 고향도 사회적인 친분도 없으며, 어느 누구의 관심이나 사랑도 받지 못한 채 세속적인 믿음이나 도덕 기준으로 인한 심한 갈등을 겪으며 혼자 살아왔다. 물론 나는 여느 사람들처럼 평범한 생활을 했지만, 느끼는 감정과 생각이 서로 다르다는 것을 알고 있었기 때문에 마음속으로는 철저히 낯선 이방인의 모습이었다.

지금도 나는 남자들 간의 성실하고 사심 없는 우정만큼 훌륭한 것은 이 세상에 없다고 생각한다. 그리고 언젠가 쓸쓸한 날에 청춘의 향수 같은 것이 나를 덮쳐온다면, 그것은 한마디로 말해 학생 시절의 우정 때문일 것이다.

대개 나는 매력적인 벗들과 함께 지낸다. 어느 때는 참새와 함께 있기도 하고, 어느 때는 꽃이나 나비 곁에 있다. 그리고 밤에는 맛좋은 코냑을 마신다.

우정은 연애가 보여주지는 못하고 자랑만 하는 것을 실제로 보여준다. 위대한 우정에서는 우열이라는 것을 생각할 수도 없다.

우정에는 신의 커다란 은총이 함께한다. 그래서 신뢰할 수 있는 기쁨이 된다.

힘든 시기의 친구들에게

사랑하는 벗들이여, 암담한 시기이지만

나의 말을 들어주어라.

인생이 기쁘든 슬프든, 나는

인생을 탓하지 않을 것이다.

햇빛과 폭풍우는

같은 하늘의 다른 표정에 불과한 것.

운명은 즐겁든 괴롭든

훌륭한 나의 식량으로 쓰여야 한다.

굽이진 오솔길을 영혼은 걷는다.

그의 말을 읽는 것을 배우라!

오늘 괴로움인 것을, 그는

내일이면 은총이라고 찬양한다.

어설픈 것만이 죽어간다.

다른 것들에게는 신성神性을 가르쳐야지.

낮은 곳에서나 높은 곳에서나

영혼이 깃든 마음을 기르는

그 최후의 단계에 다다르면, 비로소

우리는 자신에게 휴식을 줄 수 있으리.

거기서 우리는 신의 목소리를 들으며
하늘을 우러러볼 수 있을 것이리라.

힘든 시기에는 자연으로 나가서 수동적이 아닌 적극적인 자세로 그것을 즐기는 것보다 더 좋은 약이 없다.

너는 자신을 남과 비교하지 말아야 한다. 자연이 너를 박쥐로 만들었는데, 너를 타조로 만들려고 생각해서는 안 된다.

너는 때때로 자기가 남들과 달리 이상한 존재이며, 그래서 남들과 다른 길을 가고 있다고 스스로를 비난한다. 그러한 생각은 빨리 잊어버려야 한다. 불을 보라, 구름을 보라. 그리하여 어떤 영감이 일어나서 네 영혼 속의 목소리가 말하기 시작하면 그것에 몸을 맡겨라. 네 영혼의 목소리가 신의 마음에 들 것인지를 문제 삼는 것은 그만두어라. 그러한 물음은 오히려 자신을 해롭게 한다.

영리한 화술은 전혀 가치가 없고, 스스로에게서 멀어지도록 만들 뿐이다. 자기에게서 멀어진다는 것은 죄악이다. 거북처럼 자기 안으로 쏙 들어가야 한다.

고백

상냥한 가상이여,
나의 유희에 기꺼이 몸을 맡기고 있는 나를 볼지어다.
남들은 목적이나 목표를 가지고 있지만
나는 살아 있는 것만으로도 벅차다.
일찍이 나의 감각을 뒤흔든 것은
모든 무한한 것, 유일한 것의
비유라고 생각되는 무엇,
그것만을 나는 끊임없이 생생하게 느끼는 것이다.

그러한 상형문자를 푸는 일이
끊임없이 내게 사는 보람을 느끼도록 할 것이다.
왜냐하면 영원한 것, 본질적인 것은
나 자신 안에 살고 있음을 아니까.

우리의 내부에 모든 것을 아는 무언가가 있음을 깨닫는 것은 대단히 좋은 일이다.

인간의 생활은 모두 자기 자신을 향한 길이며, 하나의 길을 시험하는 것이며, 하나의 숨어 있는 오솔길을 암시하는 것이다.

끝끝내 인간이 되지 못하고 개구리나 도롱뇽, 개미인 채로 남아 있는 사람이 있다. 상반신은 인간이고 하반신은 물고기인 사람도 있다. 그러나 모든 인간은 자연이 세상을 향해 던진 돌멩이와 같다.

너의 안에는 정적에 싸인 하나의 장소, 하나의 피난처가 있다. 너는 언제든지 그 속에 들어가서 자기 자신과 대화를 나눌 수 있다. 그러나 그러한 일을 할 수 있는 사람은 실로 적다. 누구나 그렇게 할 수 있음에도 불구하고.

여러분 각자의 마음속에는 귀를 기울여 그 소리를 들을 필요가 있는 오직 한 마리의, 자기 자신의 새가 있다.

결국 사람은 누구든 자기 세계를 가지고 있게 마련이며, 그것을 남과 함께 나누어 가질 수는 없다.

인간은 자기가 성장하고 있는 것을 느끼려고 노력함으로써 세상과 조화를 이룬다.

대부분의 인간은 바람에 날려 빙글빙글 맴돌고 방황하면서 땅에 떨어지는 나뭇잎과 흡사하다. 그러나 별을 닮은 인간도 있다. 그들은 뚜렷한 궤도 위를 걷기 때문에 아무리 세찬 바람도 그들에게는 닿지 않는다. 그들은 자신의 내부에 자신의 법칙과 자신의 궤도를 가지고 있다.

아버지는 아들에게 눈과 코의 생김새뿐만 아니라 두뇌까지도 유산으로 물려줄 수 있지만, 영혼만은 양도할 수 없다. 영혼은 각자에게 새롭게 부여된다.

　소년은 누구든 어느 정도의 나이가 되면 마차꾼이나 기관차의 운전수, 사냥꾼이나 장군, 괴테나 돈주앙 같은 사람이 되고 싶어 한다. 이것은 아주 자연스러운 일로서 발전과 자기 교육의 일부이다. 말하자면 공상으로 장래의 가능성을 다듬는 일인 것이다.
　하지만 인생은 이러한 꿈을 좀처럼 충족시켜주지 않는다. 소년이나 청년의 꿈은 스스로 소멸되어버린다.

　당신은 한 그루의 나무나 하나의 산이나 한 마리의 짐승이나, 아니면 하나의 별처럼 자기 혼자서 존재하고 있다. 당신은 좋든 싫든 있는 그대로의 자기 외에 다른 어떤 것으로도 존재하고 싶지 않다고 생각하는 것 같다.

요즈음에 이르러서야 나는 겨우 추상적인 인간 대신 개개의 인간을 알게 되었고, 인간을 연구하는 것이 얼마나 보람 있는 일인지를 알게 되었다.

누가 도대체 남을, 아니 자기 자신만이라도 알고 있단 말인가?

인간은 모두 저마다의 영혼을 가지고 있지만, 서로의 영혼을 섞지는 못한다.

두 인간이 상대방에게 다가서서 대화를 나누고 함께 지낼 수는 있다. 하지만 영혼은 화초처럼 각기 정해진 장소에 심겨져 있으므로 서로 다가설 수 없다. 굳이 그렇게 하고 싶다면 뿌리를 자르는 수밖에 없는데, 그러한 일은 실제로는 불가능하다.

꽃들이 서로 얽히고 싶으면 향기와 함께 꽃가루를 보내지만, 꽃가루가 적당한 곳에 도달하게 해주는 것은 꽃 자신의 힘이 아니라 바람의 힘이다. 바람은 자기가 원하는 대로 어디로든 불어갈 수 있다.

한 인간을 보다 세밀하게 관찰하면, 그에 대해 본인보다 더 잘 알 수 있다.

인간은 언제나 자기에게 편리한 쪽으로 대상을 해석하며, 그것이 자기를 정당화해주기를 원한다.

인간이란 이미 창조된 것이 아니라 먼 장래에 실현될, 그 실현이 기다려지기도 하고 두려워지기도 하는 하나의 가능성이다.

현실에 살고 있는 인간이란 어떤 존재일까? 요즈음 사람들은 옛 사람만큼 잘 알지 못한다. 한 사람 한 사람이 그 무엇과도 바꿀 수 없는 소중한 존재이지만, 요란한 탄환 소리와 함께 한순간에 목숨을 잃고 있다.

인간의 내면 깊이에는 정령과 신에게로 연결되는 힘이 있고, 절실한 동경은 자연과 어머니에게로 이끈다. 인간의 생활은 이 두 힘 사이에서 불안한 갈등을 일으키고 있다.

자기를 하나의 통일체로 생각하는 것은 모든 인간의 어쩔 수 없는 착각이다.

어떤 의미에서는 광기가 모든 지혜의 시초였듯이 정신분열이 모든 기술이나 공상의 시초일 수도 있다.

시민이란 본질적으로 충동에 나약한 인간이며, 자기희생을 두려워하는 존재이다. 그래서 시민은 권력 대신 다수에 의한 의결을, 폭력 대신 법률을, 책임을 지는 대신 투표로 평가를 하는 제도를 만든 것이다.

오로지 달려갔다, 나는

황야의 늑대.

세계는 눈으로 덮여 있고

나무 위에서 까마귀가 울었다.

하지만 토끼는 어디에도 없다, 사슴도 없다.

이처럼 나는 사슴에게 열중한다.

한 마리만이라도 발견되면 좋겠다.

나는 그것을 덮쳐 물어뜯을 것이다.

그 이상의 즐거움이 있을까?

나는 그놈을 마음속으로 귀여워해줄 것이다.

나는 그 보드라운 허벅지를 사정없이 물어뜯어

암홍색 피를 배불리 마시고

깊은 밤 홀로 포효할 것이다.

토끼 정도라도 괜찮다고 해두자.

그 따뜻한 날고기는 밤에도 맛있다.

아아, 모두가 나를 버린 것인가,

나의 생활을 조금이라도 즐겁게 해줄 것들은.

나의 꼬리는 이미 잿빛이다.

눈도 흐려졌다.

아내도 이미 죽어버렸다.

더구나 나는 이처럼 돌아다니고

사슴과 토끼의 꿈을 꾸고

겨울밤에 쓸쓸한 바람 소리를 듣고

눈으로 타는 듯한 목을 겨우 축이고

그리고 나의 가없은 영혼을 악마에게 팔아버린 것이다.

인간은 누구나 금욕주의자이며, 자기 자신에게 자부심을 가지고 있지 않다면 허영심을 가지고 있다.

권력자는 권력 때문에, 재산가는 재산 때문에, 굴종적인 인간은 굴종 때문에, 향락을 즐기는 인간은 향락 때문에 몸을 망친다. 마찬가지로 '황야의 늑대'는 자유 때문에 몸을 망쳤다.

인생의 모든 것이 싸움이고 번뇌며, 비속하고 추악해도 그 외의 것이 또 하나 있다. 자기를 신과 대면시키는 인간의 능력, 즉 양심이 존재하는 것이다.

그는 인간과 늑대의 두 가지 성질을 모두 가지고 있었다. 이것이 그의 운명이었다. 적어도 이와 같은 운명은 결코 특별하거나 이상한 것이 아닐지도 모른다. 이제까지 개나 여우나 물고기나 뱀의 성질을 가지고 있으면서도 그 때문에 특별한 어려움을 느끼지 않은 사람도 많지 않았는가.

그러한 사람들의 내부에는 인간과 물고기 또는 인간과 여우가 함께 산다. 그들은 서로를 해치지 않을 뿐 아니라 오히려 잘 협력한다. 큰 성공을 거두어 부러움을 받는 사람들 중에는 그들을 성공시킨 것이 그들 내부의 여우나 원숭이였던 적도 있다.

어떤 항아리도 결코 넘치지 않을 만큼 크지는 않다.

높은 정신을 가지고 태어난 사람은 인생의 도취와 혼돈 속에서 피투성이가 되어도 비속해지지 않으며, 자기 안에 있는 신적인 것을 죽이지 않는다. 깊은 암흑 속에서 방황해도 영혼의 신성한 깊이에 있는 신적인 창조력과 빛은 사라지지 않는다.

헤세의 생각

인간에게서 체험에 대한 욕망을 제외하면, 망각에 대한 욕망만큼 강한 것은 없다.

아무리 머리를 쥐어짜고 생각을 해보았자 별 도움이 되지 않는다. 인간은 생각한 대로 실행하는 것이 아니다. 실제로는 깊이 생각하지도 않고 오직 마음이 요구하는 대로 발걸음을 옮겨간다.

인간으로서의 우리에게 주어진 과제는 오직 한 번뿐인 우리의 삶에서 동물로부터 인간으로 한 걸음 전진하는 일이다.

인간의 행위 중 어느 한 가지도 합리적인 사고방식에서 출발하는 것은 없다. 누구나 어떤 행위가 불합리하다는 것을 알면서도 열광적으로 해버린다.

항상 우리들 안에 머물러 떠나지 않는 마음의 평화란 존재하지 않는다. 마음의 평화는 되풀이되는 싸움에 의해 날마다 새롭게 얻지 않으면 안 된다. 모든 바른 생활이 그러한 것처럼 마음의 평화 역시 싸움이며 희생이다.

어떤 감정도 부질없다든가 가치가 없다고 말해서는 안 됩니다. 모든 감정은 좋은 것입니다. 대단히 좋은 것입니다. 증오든, 선망이든, 질투든, 무자비든 말입니다.

우리는 저마다의 가난하고 아름답고 훌륭한 감정에 의해 살고 있습니다. 우리가 어떤 감정을 외면하면, 그것은 별을 지워버리는 것과 같습니다.

어떤 인간이든 끊임없이 무언가 불가능한 것을 목표로 하고 있다. 가장 눈에 띄지 않는 남자도 미남이기를 바라고, 가장 가난한 자도 대부호를 꿈꾸며, 가장 어리석은 자도 현자가 되고 싶다는 꿈을 마음속에 품고 있다.

나는 인간을 두 가지의 중요한 유형으로 분류한다. 즉, 이성적인 사람과 경건한 사람으로.

인간은 동물이 아니다. 인간은 고정된 것도, 완성된 것도 아니다. 한 번뿐인 삶이지만 계속 생성되는 것이고, 시작이며, 예감이며, 미래며, 새로운 형식과 가능성에 대한 자연의 구상이자 동경이다.

지知는 행위이고, 경험이고, 순간적인 것이다.

나는 인생이 도저히 견딜 수 없게 힘든 것이 되더라도 참으며 살고 싶다. 인생이 내게 아무리 큰 괴로움을 안겨주더라도 나는 인생을 사랑하고 있는 것이다.

옛 중국 서적에서 볼 수 있는 '현인'이나 '완성자'는 인도의 성
인이나 소크라테스의 '선인'과 같은 유형의 사람이다. 그 사람이
갖추고 있는 힘의 본질은 누군가를 죽이는 것이 아니라 누군가에
게 기꺼이 목숨을 내어줄 마음가짐이 되어 있다는 것이다.

정신적인 사람들의 이상한 운명은 항상 후세 사람들의 관심거리
가 되어왔다. 그들의 운명에는 천재라는 것이 단순한 정신사적인
의미일 뿐만 아니라 그 이상의 것이라는 점이 분명히 나타나 있기
때문이다. 근세의 독일 정신사에서 이러한 종류의 가장 고귀한 예
로 들 수 있는 것은 니체와 노발리스다. 니체는 이 세상의 삶에 견
딜 수 없게 되었을 때 광기의 세계로 들어갔고, 노발리스는 죽음
의 세계로 돌아갔다.

천재는 어떤 장소에 태어나든지 환경에 의해 목이 졸려 죽거나
아니면 환경을 정복한다. 천재는 세상 사람들로부터 인류의 꽃으
로 추앙되면서도 곳곳에 고난과 혼란을 일으킨다.

헤세의 생각

인간이 자기의 몸에 일어나는 일을 민감하고 신선하게 받아들이는 것은 극히 어린 시절로 한정된다. 고작 열세 살이나 열네 살까지 말이다. 그 뒤부터는 무언가를 만들고 허무는 일에서만 재미를 느낄 뿐이다.

스스로의 길을 걸어가는 사람은 누구나 영웅이다. 자기가 할 수 있는 일을 실제로 행하면서 살아가는 사람은 누구나 영웅이다. 어리석게 보이는 일이나 시대에 뒤진 일을 하더라도, 아름다운 이상을 말로만 떠들 뿐 몸을 바치려고 하지 않는 다른 수천 명의 사람보다는 훨씬 영웅이다. 인간은 진부하고 고루한 신들 때문에 더없이 고귀하게 싸우다 죽을 수 있다. 그러한 사람은 돈키호테처럼 조롱의 대상이 될 수도 있다. 하지만 돈키호테야말로 완전한 영웅이며 대단히 품위 높은 사람이다.

천재란 인류를 사랑할 수 있는 힘이며, 기꺼이 자기의 한 몸을 바치고자 하는 마음이다.

은근한 행복 속에서 나는 다음과 같은 지혜를 배웠다. 모든 사물에서 멀어지겠다는 생각을 버리지 말 것, 어떤 것이든 일상적이고 냉혹하고 차가운 빛 속에 두지 말 것, 금박을 칠한 보물을 다루듯이 삶을 조심스럽고 조용히 다룰 것.

이성적인 사람은 진보의 가치를 믿고 있다. 그는 오늘날의 인간이 예전보다 정확하게 사격하고, 빨리 여행할 수 있다는 것에 주목한다. 그러나 이러한 진보에는 무수한 퇴보가 포함되어 있다는 사실은 보려고 하지 않으며, 또한 볼 수도 없다.

이성적인 사람은 대개 자연과 예술에 대하여 항상 불만을 느낀다. 어떤 때는 경멸스럽게 낮추어 보고, 어떤 때는 광신적으로 과대평가한다. 미술품이나 골동품 구입에 엄청난 돈을 지불하기도 하고, 조류나 맹수, 인디언 보호에 열중하는 것도 바로 이성적인 사람이다.

여러 나라의 문학이나 지혜가 수천 년에 걸쳐 이해되어온 것처럼 인간은 자기에게 당장 필요하지 않은 것에 대해서도 미적 감각을 지니고 있고, 그것을 즐길 수 있는 능력을 부여받고 있다.

경건한 사람은 이성이 한층 뛰어난 재능이라는 것을 인정하지만, 그것이 세계를 인식하고 나아가 지배하는 데에 충분한 수단이라고는 생각하지 않는다.

사형 선고를 받은 인간, 허물어진 집에 깔렸다가 구사일생으로 빠져나온 인간에게 아름다움이나 조화가 무슨 의미가 있을까?

영웅이란 순종적이고 착실하고 솔직한 시민, 주어진 의무를 잘 이행하는 사람을 가리키는 말이 아니다. 숭고한 천성을 자기의 운명으로 삼고, 기꺼이 그것을 짊어질 용기를 가진 자만이 영웅이다.

너는 서양인이고, 나는 중국인이라서 서로 다른 언어를 사용한다고 치자. 하지만 우리가 선의를 가지고 있다면 서로 대단히 많은 것을 전달할 수 있으며, 정확히 전달되는 것 이상으로 소중한 것들을 깨닫고 느낄 수 있을 것이다.

교사는 자기 학급 안에 한 명의 천재보다 두세 명의 바보가 있기를 바란다. 어찌 보면 지극히 당연한 일이다.

교사의 역할은 엉뚱한 인간을 양성하는 것이 아니라 훌륭한 라틴어 학자나 수학자, 우직하고 견실한 인간을 양성하는 데에 있기 때문이다.

집단을 이루고 살아가는 인간은 개개인에게 순응과 복종을 요구하지만, 최고의 영예는 온순하고 겁쟁이고 다루기 쉬운 자들에게는 주어지지 않고 고집 센 영웅에게만 부여된다.

헤세의 생각

실연의 아픔은 나를 술꾼으로 만들었다. 나의 생애와 대인관계 형성 과정에서 이 일은 이제까지 이야기한 어떤 것보다 중요한 일이다.

강렬하고 감미로운 바커스 신은 나의 충실한 벗이 되어주었다. 그 우정은 오늘까지도 지속되고 있다. 바커스 신처럼 강렬한 것이 달리 또 있을까? 누가 그처럼 아름답고 환상적이고 열정적이고 즐겁고·우울할까? 그는 영웅이며 마술사다. 그는 유혹자이며 에로스 신의 형제다. 그는 불가능한 것을 가능하게 만든다. 가엾은 인간의 마음을 아름답고 묘한 시로 채워준다.

술이란 그런 것이다. 술은 모든 고귀한 것이나 예술과 같은 면도 있다. 술은 사랑받고, 선택받고, 이해받고, 힘든 노력으로 획득되기를 바란다. 그러나 그렇게 하는 사람은 많지 않다. 그래서 술은 많은 사람을 해친다. 술은 그렇게 하지 못하는 사람을 늙게 하고, 죽이고, 그의 가슴속에 있는 정신의 불꽃을 꺼버린다.

그러나 술은 자신을 사랑하고, 선택하고, 이해하고, 힘든 노력으로 획득한 사람을 향연에 초대하여 행복의 섬으로 난 무지개다리를 건너게 한다.

2

사랑이란
미소 지을 수 있는 능력

사랑이란 애걸해서도 안 되고 요구해서도 안 된다.

사랑은 확신하고 있을 때에만 자기의 것이 된다.

사랑은 이끌리는 것이 아니라 이끄는 것이다.

꽃은 아름다워라!
그리고 아름다운 젊음의
사람은 더욱 아름다워라!

　사람은 나이가 들수록 젊었을 때보다 한결 여유로워지고 넉넉해진다. 그렇다고 해서 나는 청춘 시기를 폄하하지는 않는다. 청춘은 꿈속에서 듣는 노래처럼 아름답게 메아리치고, 그 메아리는 청춘이 현실이었던 때보다 지금 더욱 청순한 느낌을 띠고 있으니까.

아! 나의 청춘 시절은 아름다웠지요. 그 시기는 정말 좋았습니다. 물론 죄와 슬픔도 함께했었지요.

그러나 틀림없이 행복한 세월이었습니다. 그 무렵의 나처럼 술을 많이 마시고, 활기차게 춤추고, 사랑에 빠져 밤을 꼬박 새운 사람은 많지 않을 것입니다. 그러나 그때 그 정도로 끝내야만 했습니다.

그 뒤로는 두 번 다시 그렇게 행복했던 시절은 찾아오지 않았습니다. 정말 그것이 내 젊음의 마지막이었지요.

연가

나는 꽃이기를 바랐다.

그대가
조용히 걸어와
그대 손으로 나를 붙잡아
그대의 것으로 만들기를.

유년 시절부터 지내왔던 장소는 모든 곳이 아름답고 신성하다.

어린아이에게서 배워라. 그들에게는 꿈이 있다.

어째서 아이들이 하는 짓이 어른들에 비해 옳지도, 착하지도, 중요하지도 않다는 것인가? 그렇지 않다. 오히려 그 반대이다.

어른들은 권력을 쥐고 있어 명령하고 지배한다. 그리고 아이들과 똑같이 그들 나름대로의 놀이를 가지고 있다. 소방놀이를 하거나 군대놀이를 하고, 술을 마시러 가거나 춤을 추러 간다. 게다가 매사를 당연한 것처럼, 이런 것은 이렇게 해야 한다는 것처럼, 더 이상 훌륭한 것은 없다는 것처럼 행동한다.

젊은 사람은 비판이나 부정이 아니라 감격과 이상을 양식으로 삼아 살아간다.

유년기

그대는 아득히 먼 골짜기.
마법에 걸려 꺼져버린 골짜기.
내가 고난과 맞서 있었을 때
그대는 때때로 환영 속에서
동화 속 처녀처럼 눈동자를 반짝이고
나는 황홀한 기분으로
그대에게 돌아간 듯한 환상에 젖었다.

오, 어두운 문이여!
오, 어두운 죽음의 때여!
내게로 다가오는 것이 좋구나.
내가 힘을 얻어 이 삶의 허무로부터
꿈의 나라로 갈 수 있듯이.

아가테는 꽃보다 아름답다. 어느 나라에 가든지 그처럼 아름다운 여인이 한두 명은 있겠지만, 그리 흔하게 만날 수 있는 것은 아니다.

그녀를 볼 때마다 기쁨을 맛보게 된다. 그녀는 커다란 아이와 같아서 부끄러움을 잘 타면서도 친근하게 다가온다. 티 없이 맑은 눈에는 선량한 동물이나 숲 속의 샘과 같은 빛이 어려 있다.

그녀를 대할 때마다 욕망은 사라지고 마냥 그리워질 뿐이다. 그녀를 가만히 지켜보고 있노라면, 젊음과 인생의 꽃이라고 할 수 있는 그 우아한 모습도 언젠가는 늙어서 사라져버린다는 생각에 슬퍼지고 만다.

나는 나의 청춘 시대에 이별을 고한 듯한 느낌이 들었다. 무슨 일이든 뜻대로 되지 않았거니와 환멸 이외에는 아무것도 경험할 수 없었고, 깊은 밤까지 작은 방에서 홀로 일어나 앉아 슬픈 시를 썼다. 그리고 이 기묘한 우울 속에서 가장 순수한 청춘의 기쁨 하나를 맛보고 있는 것에는 마음을 기울이지 않았다.

산에 있는 달

노래 불러라, 나의 마음이여, 오늘은 그대의 날이니.
내일이 되면 그대는 죽어가고
별이 빛나도 그대에게는 보이지 않아.
새가 지저귀어도 그대에게는 들리지 않아.
노래 불러라 나의 마음이여, 그대 마음이 불타오르는 동안
잠시 동안의 그대 마음을 노래 불러라.

태양은 반짝이는 눈 위에서 웃고 있네.
구름은 멀리 언덕배기에 화환을 만들고
모든 것은 새롭고 모든 것은 열과 빛이거늘
그늘 한 점 없고 슬픔 하나 없네.
호흡은 축복이고 기도이고 노래로다.
숨을 쉴지어다 혼령이여, 태양을 향해 가슴을 활짝 열어라.
잠시 동안의 그대 시간을.

삶은 즐거운 것, 환희와 고통도 즐거워라.
바람에 날리는 한 송이 눈꽃도 행복이거늘
나는 행복하네, 천지 창조의 중심이로다.

헤세의 생각

대지와 태양의 총아로다.

한 시간 사이

웃고 있는 한 시간 사이

눈이 바람에 날리기까지는.

노래 불러라 나의 마음이여, 오늘은 그대의 날이거니.

내일이 되면 그대는 죽어가고

별이 빛나도 그대에게는 보이지 않아.

새가 지저귀어도 그대에게는 들리지 않아.

노래 불러라 나의 마음이여, 그대 시간이 불타오르는 동안

잠시 동안의 그대 시간을 노래 불러라.

젊어 보인다거나 늙어 보인다는 것은 보통 사람에게나 해당하는 말이다. 특별한 천성을 지니고 태어난 사람은 어느 때에는 나이를 먹기도 하고, 어느 때에는 젊어지기도 한다. 마치 기쁜 일이 있다가도 슬픈 일이 생기듯이.

나는 마음속으로 나이를 먹는 것에 대해 굉장한 호기심을 지니고 있다. 청춘이 인생의 가장 행복한 시기라고? 그런 말은 신문이나 책에서 흔히 읽을 수 있는 사기에 불과하다. 노인이야말로 항상 행복하다. 청춘은 인생의 가장 괴로운 시기이다. 자살 같은 것은 나이를 먹은 뒤에는 거의 일어나지 않는 일이다.

인간은 점점 나이가 들면서 젊은 시절에 가지지 못했던 역사에 대한 감각을 얻게 된다. 체험과 인내의 수십 년을 살아오는 동안 인간의 얼굴과 정신에 연륜이라는 단층들이 쌓였기 때문이다. 반드시 그렇다고는 할 수 없지만, 대부분의 노인은 역사적인 관점에서 사물을 대하고 생각한다.

가을

숲 속의 새들이여,
노랗게 물드는 숲을 따라
너희의 옮겨 다니는 모습 한가롭구나.
그렇다, 새들이여, 서둘러야 한다.

좀 있으면 바람이 몰아치고
좀 있으면 죽음이 찾아들고
좀 있으면 회색 요괴가 와서 웃는다.
우리의 마음은 얼어붙고
뜰은 화려함을
생명은 빛을 모두 잃었다.

나무 사이의 작은 새들이여,
작고 귀여운 형제들이여,
즐겁게 노래를 불러보세나.
좀 있으면 우리는 티끌이 되고 만다.

단계

어떤 꽃이든 시들고
어떤 청춘이라도 늙게 되는 것처럼
어떤 삶의 단계도, 어떤 지혜도, 어떤 덕망도
다만 그때그때 꽃이 필 뿐
영원히 계속될 수는 없다.
마음은 어떤 삶의 소리를 들어도
이별을 고하고 가다가 뒤돌아
용감하게 슬픔을 잊고
다른 새로운 관계 속으로 들어설 각오가 있어야 한다.

우리는 쾌활하게 방방곡곡을 걸어야 하고
어떤 고장이든 고향처럼 사랑해야 한다.
한 층 한 층 높이고 넓혀야 한다.
한 생활권에 익숙해지면
금세 태만이 우리를 위협하고
출발의 마음가짐을 잃지 않는 것만이
습관의 마비로부터 떨치고 일어서는 것이겠지.
아아, 죽음을 당할 때도

우리를 새로운 장소로 보내겠지.
우리에게 삶의 부름은 결코 그치지 않으리니
자, 마음이여, 이별을 고하고 조용히 살자.

그는 지금 갑자기 불안이 무엇인지를 깨달았다. 불안은 그 정체를 알아차린 사람만이 극복할 수 있다.

인간은 수없이 많은 것들에 대해 불안을 느끼고 있다. 고통에 대해, 심판자에 대해, 자신의 마음에 대해 불안을 느낀다. 또한 잠이 들고 깨어나는 것에 대해, 냉정에 대해, 광기에 대해, 죽음에 대해……. 그중에서도 특히 죽음에 대한 불안이 가장 크다.

그러나 이 모든 것은 단지 가면이고 가장일 따름이다. 실제로 인간이 불안을 느끼는 것은 다음의 경우뿐이다. 스스로 몸을 던지는 경우, 미지의 세계에 발을 들여놓는 경우, 보장된 안전을 떨쳐버린 채 앞으로 한 발을 내딛는 경우이다.

인간의 목표는 신이고, 신에게로 복귀하는 것이고, 신 속에 머무르는 것이다. 이 목표가 불안을 만들어낸다. 신 속에 머무르는 일은 가능할 수 없다. 안락이란 존재하지 않는다. 다만 영원히 닿을 수 없는 신성한 호흡이, 형성과 해체가, 탄생과 죽음이, 출발과 귀환이 끝없이 계속될 뿐이다. 그래서 존재의 유일한 비법, 유일한 비교, 유일한 비밀은 몸을 던지는 것, 신의 뜻을 거역하지 않는 것, 무엇에도 집착하지 않고 선이나 악의 손에 걸려들지 않는 것이다.

헤세의 생각

이 무슨 일인가! 내일도 어김없이 눈을 뜨고, 먹고, 마시고, 다시 살아가야 한다니 이 얼마나 역겨운 일인가! 도대체 왜 살아야 하는 것일까? 어째서 이토록 누군가를 그리워해야 하는 것일까?

아무리 사랑하는 여인의 얼굴이라도 꾸밈없이 잠들어 있는 얼굴은 그다지 아름답지 않다. 사람의 겉으로 드러난 얼굴 뒤에서는 티끌만한 사랑도 찾아보기 어렵다. 마치 자신의 마음속을 들여다보면 사랑을 찾을 수 없는 것처럼.

밤에는 익숙했던 공동생활의 감정에서 풀려난다. 등불도 보이지 않고, 사람의 말소리도 들리지 않으면 깨어 있는 이들은 점점 고독을 느끼며, 다른 것에서 분리되어 자신만을 의지해야 한다는 사실을 알게 된다.

그리고 어쩔 수 없이 고통도, 공포도, 죽음도 혼자 견뎌내야 한다는 무서운 감정이 가슴에 스며들어 건강한 사람이나 젊은 사람에게는 경고가 되고, 약한 사람에게는 전율을 일으킨다.

고통이 그대를 괴롭히는 것은 그대가 그것에 겁을 먹고 건드리기 때문이다. 고통이 그대를 따라다니는 것은 그대가 그것으로부터 도망치려고 하기 때문이다. 그대는 고통으로부터 도망쳐도 안 되고, 건드리거나 겁을 먹어도 안 된다. 그대는 고통을 사랑해야만 한다. 그대는 무엇이든 스스로 알고 있다. 마음속 깊은 곳에서 이미 알고 있는 것이다. 세상에는 단 하나의 마술, 단 하나의 힘, 단 하나의 행복이 있을 뿐이며, 그것은 사랑이라는 것을. 그러므로 그대는 고통에 거역하지 말고 고통을 사랑해야 하며, 고통으로부터 달아나지 말아야 한다.

　아, 여러분! 나는 아직 여러분에게 고독에 대해 어떻게 더 이야기를 해야 좋을지 모르고 있습니다. 바라건대 여러분을 유혹하여 그 길을 함께 가고 싶을 뿐입니다. 여러분에게 우주의 얼음처럼 차가운 환희의 노래를 들려주고 싶지만, 극히 적은 수의 사람만이 이 길을 빠져나갈 수 있다는 것을 나는 알고 있습니다. 사랑하는 여러분! 거기에는 어머니가 없으니 살기 어렵고, 국민도 영광도 없으며, 그 누구도 함께 생활할 수 없습니다. 그곳은 너무나 춥습니다. 그러니 이 길을 걸은 사람은 거의 대부분 멸망했습니다.

안개 속에서

안개 속을 걸을 때면 이상하여라.
어느 풀, 어느 돌도 고독하구나.
어떤 나무도 다른 나무를 보지 못하니
모두 홀로 괴로운 것.

나의 생활에 아직 빛이 있을 무렵
이 세상은 벗으로 가득 차 있었지만
안개가 깔린 지금
누구도 보이지 않네.

어둠의 의미를 모르는 자는
분명 지혜로운 자가 아니라네.
피할 수 없게 살그머니
모든 것에서 떠나게 하는 이 어둠을.

안개 속을 걸을 때면 이상하여라.
산다는 것, 그것은 고독이라네.
누구도 다른 사람을 알지 못하니
모두가 외롭게 홀로 서 있네.

아이가 어른이 되는 것은 단 한 발자국, 단 한 번의 몸부림에 지나지 않는다. 고독해지고 부모로부터 떨어진다는 것, 이것이 아이가 어른이 되는 단 한 발자국이다.

　　당신은 당신의 고뇌가 아무리 괴롭더라도 그것이 당신에게 가해진 모욕이나 부정이라고 생각해서는 안 됩니다. 당신은 고뇌를 피할 수 없습니다. 어떤 위로나 위안 속으로 피하려고 해도 소용없다는 사실을 깨닫고 마음을 활짝 여십시오.

　　절망이 다시 은총이 되고, 생활에서 벗어나 새로이 태어나는 경험을 나는 몇 번이고 겪었습니다. 당신이 나를 정신 분석하는 사람으로 여기고 있으므로 나는 이 경험을 다음과 같이 정의하고 싶군요. 문화나 정신이 요구하는 것을 받아들여 그것에 따라 생활하면 틀림없이 절망에 빠지고 맙니다. 반면에 주관적인 경향이나 상태를 지나치게 객관화하였다는 사실을 깨우치면 구제될 수 있습니다.

동물은 대개 슬픈 듯해요. 인간도 슬플 때에는, 그것도 이가 아프다거나 돈을 잃어버려서가 아니라 인생이 무엇인지, 진리가 무엇인지를 잠깐 동안에라도 묻게 되고 진실로 슬퍼졌을 때에는 그 사람은 동물과 비슷하게 슬퍼지는 거예요. 그때는 슬픈 얼굴이면서도 여느 때보다 훨씬 진실하고 아름답게 보이지요.

극한의 고통과 극한의 쾌락은 서로 닮은 표정을 가지고 있다.

나는 모든 영웅적인 행동, 그리고 스토아학파에 대해서도 의문을 품고 있습니다.

나는 나 자신의 생활에서 극히 적은 경우를 제외하고는 고뇌의 중심을 통과하는 것이야말로 고통스러운 세계를 가장 가깝게 지나가는 것이라고 여겨왔습니다. 즉, 나 자신을 고통과 보다 높은 힘에 맡기고는 그 결과가 어떻게 되든지 그저 기다리자고 생각했던 것입니다.

인생은 때때로

인생은 때때로 강한 빛을 띠며
기쁨으로 반짝거린다.
그리고 웃으며 묻지 않으려 든다.
괴로운 것, 멸망해가는 것에 대해.

하지만 내 마음이 항상 찾는 것은
괴로움을 감추면서
저녁이면 방에 틀어박혀
동경의 눈물을 흘리는 사람.

괴로움으로 마음을 떨며 방황하는
많은 사람들을 나는 알고 있다.
그들의 마음을 나는 형제라 하며
즐거이 환영하는 것이다.

모범이 될 것을 찾아서는 안 된다. 모범이란 존재하지 않는다. 그것은 오직 그대 자신이 그대를 위해 만들어낼 뿐이다.

괴로워하라. 오직 괴로워하면서 술잔을 기울여라. 겁쟁이는 운명을 독약처럼 마신다. 그러나 그대는 운명을 포도주처럼 마셔야 한다. 그래야만 그 맛이 비로소 감미로워질 것이다.

나는 피안彼岸을 믿지 않는다. 피안이라는 것은 존재하지 않는다. 말라 죽은 나무는 영원히 죽고, 얼어 죽은 새도 영원히 되살아나지 못한다.

인간도 죽으면 마찬가지다. 죽은 뒤 얼마 동안은 그에 대한 이야기가 있을 테지만, 그것도 그리 오래 지속되지는 않는다. 지금 내가 죽음에 대해 흥미를 가지는 것은 어머니의 품속으로 되돌아가고 싶다는 것이 언제나 변하지 않는 나의 신앙이자 꿈이기 때문이다.

죽음은 커다란 행복일 것이다. 첫사랑이 이루어지는 것과 같은 큰 행복일 것이라고 나는 생각한다. 다시 나를 순결한 무無의 속으로 인도해주는 것은 죽음이 아니라 어머니라는 생각을 떨칠 수 없다.

무상함

내 생명의 나무에서
한 잎 한 잎 잎이 진다.
오, 화려한 세계여!
아, 너는 충만하였구나!
아, 충만한 피로를 주는 것인가!
아, 너는 어찌 그리도 태연한가!
하지만 오늘 타올라 빛나고 있는 것도
머지않아 가라앉느니
이제 곧 나의 갈색 못 위에
바람이 산들거리며 불 것이다.
어린 자식을
어머니가 몸으로 가려준다.
어머니의 눈을 다시 한 번 보았으면.
어머니의 눈동자는 나의 별
다른 모든 것은 차라리 바람에 날려가도 좋다.
모든 것은 죽는 것, 모든 것은 기쁘게 죽는 것이다.
다만 우리를 그 태내에서 낳은
영원한 어머니만이 남는 것이다.

헤세의 생각

어머니의 그 무딘 손가락이

허공에 우리의 이름을 새기는 것이다.

우리가 보다 많은 호기심을 쏟고 있는 대상은 죽음이다. 죽음은 생존의 끝이자 가장 필요한 체험이다. 모든 경험 중에서 우리가 기꺼이 생명을 던질 수 있는 것만이 가치가 있고, 만족감을 줄 수 있는 것이라고 생각하기 때문이다.

확실히 완성된 인간들이 있었다. 인간이면서 신이라고 할 만한 사람들. 부처가 있었고, 예수 그리스도가 있었고, 소크라테스가 있었다. 그러나 그들이 진실로 전지전능한 존재가 될 수 있었던 것은 딱 한순간이었는데, 그것은 죽음의 순간이었다.

만약 당신이 이상이나 선을 위해 싸워 그 목적을 이룰 수 있을 것으로 여긴다면, 그것은 아주 바보 같은 생각입니다. 이성이란 것이 그것에 도달하기 위해 존재할까요? 우리 인간이 죽음을 없애기 위해 살고 있는 것일까요? 아닙니다. 우리가 사는 것은 죽음을 두려워하고 또한 죽음을 사랑하기 위해서지요. 그리고 죽음이 있기 때문에 오히려 잠시라도 삶이 아름답게 빛날 때가 있는 것이지요.

이 고뇌가 어떻게 되든 나는 웃었을 것입니다. 내게는 죽는 것이 오히려 보람 있는 일이니까요. 죽으면 이 곱사등이 짧은 다리와 움직이지 않는 허리를 보지 않아도 되겠지요.

하지만 당신한테는 슬픈 일이겠지요. 당신에게는 넓은 어깨와 아름답고 건강한 다리가 있으니까요.

편한 일이 아닙니다. 어떤 쓰라린 일도 죽음보다 더하지는 않아요. 그러나 그것도 어떻게 해서든지 빠져나가는 법이지요.

나는 갑자기 죽음이 찾아오는 시간을 알고 있으며, 우리는 그때를 기다릴 수 있는 현명하고도 선량한 형제라는 것을 깨달았다.

새로 태어나기를 바라는 사람은 마음의 준비가 되어 있어야 한다.

형제와 같은 죽음

나에게도 언젠가 너는 올 테지.
너는 나를 잊지 않았을 테지.
그리고 괴로움은 그치고
그리고 밧줄은 끊기고
형제와 같은 죽음이여!
지금 너의 모습은 멀리 가물거리며
차가운 별처럼
내가 괴로워하는 것을 내려다볼 테지.

그러나 언젠가 너는 다가올 테지.
그리고 불평에 가득 차겠지.
오라, 사랑하는 것이여, 나는 여기 있노니
나를 잡아주게, 나는 너의 것이니.

헤세의 생각

목표를 향해

목표도 없이 한 해를 걸어왔다.
잠시도 쉬고 싶은 생각이 없었다.
나의 길은 끝이 없는 것처럼 여겨졌다.

그러나 이제야 겨우 알았다, 나는 그저 같은 곳을
홀로 빙빙 돌고 있었다는 것을.
그러자 나의 길에 싫증이 났다.
그날이 삶의 전환점이 되었다.

나는 망설이면서도 지금 목표를 향한다.
나는 알고 있기 때문이다, 어떤 길을 걸어도
죽음이 서서 두 팔을 벌리고 있다는 것을.

병病

잘 왔다 밤이여, 잘 왔다 별이여,
나는 몹시 자고 싶을 뿐이며, 이젠 잠시도 일어나 있을 수 없네.
생각할 수도 없거니와 울 수도, 웃을 수도 없다네.
그저 자고 싶을 뿐이네.
백년이라도, 천년이라도 잠에서 깨어나지 않아
나의 위로 별이 지나가게 하여라.
어머니는 알고 있지, 내가 얼마나 지쳐 있는지를.
미소를 띠고 몸을 구부리는 어머니의 머릿속에 별이 빛나네.

어머니여, 두 번 다시 밤을 지새우지 않게 하소서.
이젠 낮을 제게 보내지 말아주소서.
그 흰 빛이 얼마나 심술궂은지, 적의를 품고 있는지
나는 말할 수조차 없습니다.

아주 길고도 따가운 길을 나는 걸어왔습니다.
나의 심장은 거의 타버렸습니다.
열어다오, 밤이여, 나를 죽음의 나라로 데려다다오.
그 외에는 바랄 것이 없으니

이젠 한 발로 걸을 수 없네.

어머니인 죽음이여, 내게 손을 빌려주소서.

당신의 영원한 눈에 들게 하소서.

죽는다는 것과 그것에 몸을 맡겨야 함을 너는 배우는 것이 좋다. 죽는다는 것은 성스러운 지식이다.

죽음에 대비하는 것이 좋다. 그러면 죽음에 시달려도 너는 더욱 수준이 높아진 삶으로 들어갈 것이다.

죽음은 어느 한 곳에 있는 것이 아니다. 죽음은 모든 길 위에 있다. 우리가 삶을 배신한다면, 죽음은 그대 속에도 있고 나의 속에도 있다.

더 바라는 것이 없는 사랑. 이것이 우리 영혼의 가장 높고, 가장 바람직한 경지이다.

인간을 사랑하는 것, 나약하고 불필요해 보이는 인간도 사랑하는 것, 그리고 그들을 재판하지 않는 것.

그는 몸을 던진 것이다. 물 속으로, 죽음 속으로. 그러나 꼭 그래야만 했던 것은 아닐지도 모른다. 그는 어쩌면 삶 속으로 몸을 던졌는지도 모른다.

　그러나 삶이야 죽음이야 하는 문제는 중요하지 않다. 왜냐하면 그는 이미 죽음을 극복하고 있는 것이기에.

　자살은 그 행위가 완성되면서 처음으로 감상적인 면이 없어지게 된다.

　나는 자살하는 사람이 존경스럽고 공감을 느낄 수 있다. 자살은 좀 어두운 것이기는 하지만 아무튼 대단한 일이 아닌가!

　이 세상에는 사랑을 믿는 사람이 적어서 가는 곳마다 불과 만나게 된다. 사랑의 길은 참으로 가기 힘든 길이다.

보리죽을 먹든 맛있는 빵을 먹든
누더기를 걸치든 보석을 휘감든
사랑하는 능력이 살아 있는 한
세상은 순수한 영혼의 화음을 울렸고
언제나 좋은 세상
옳은 세상이었다네.

사랑은 증오보다 고귀하고, 이해는 분노보다 고귀하며, 평화는
전쟁보다 고귀하다.

사랑이란 슬픔 속에서도 의연하게 이해하고 미소를 지을 수 있
는 능력이다.

운명은 항상 사랑이다.

헤세의 생각

아름다운 사랑

장난감을 받고서
바라보고 쓰다듬고 망가뜨리고
내일이면 이미 준 사람을 잊어버리는 아이처럼.
당신은 내가 바친 마음을
장난감처럼 가지고 놀면서
그것이 얼마나 애타는 마음인지를 보려고도 않는다.

여자 친구에게 띄운 엽서

오늘은 차가운 바람이 불고 있습니다.
바람은 호숫가에서 흐느껴 울고 있습니다.
초원에는 아직 꽃이 남아 있지만
벌써 가득히 서리가 내렸습니다.
마른 잎 하나가 창 앞에서 흔들리고 있습니다.
눈을 감으면 나의 아기 사슴이여,
먼 안개의 거리를 걷고 있는
당신의 모습이 떠오릅니다.

세계는 결코 천국이었던 적이 없었다. 옛날에는 보다 좋았으나 지금 지옥이 된 것도 아니다. 세계는 어느 때나 불완전한 진흙 수렁이었다. 그래서 그것을 참아내고 더 가치 있게 만들기 위해 사랑이 필요했다.

사랑에 빠지는 것은 쉽지만, 진정으로 누군가를 사랑한다는 것은 참으로 어려운 일임을 우리는 너무나 잘 알고 있다.

사랑은 천사의 모습과 악마의 모습을 함께 가지고 있다. 사랑은 남자와 여자, 인간과 동물, 지극히 좋은 것과 추악한 것을 합쳐놓은 것이다. 나는 사랑을 얻고 맛보는 것이 나에게 주어진 운명이라고 생각했다. 나는 그 운명을 동경하는 것과 동시에 두려워했다.

인연이 틀어진 것도 나에게 깨달음을 주기 위한 것이었나?

학교 시절의 마지막 한 해 동안 알게 된 귀여운 소녀를 나는 사랑했다. 자주 만나지 못했으나 나는 마치 꿈을 꾸듯 첫사랑의 달콤한 감동을 맛보면서 괴로워했다.

나는 사랑과 비슷하게 음악을 받아들였고, 밤에는 흥분하여 잠을 이룰 수 없었다. 그러다가 마음에 떠오른 멜로디를 붙잡아 기록했다. 두 개의 짧은 노래였다. 부끄러운 듯하면서도 호젓하게 몸속으로 스며드는 쾌감이 나를 행복하게 했다. 그 때문에 사랑의 번뇌를 거의 잊을 정도였다.

사랑이란 애걸해서도 안 되고 요구해서도 안 된다. 사랑은 확신하고 있을 때에만 자기의 것이 된다. 사랑은 이끌리는 것이 아니라 이끄는 것이다.

열일곱 살 때에 나는 어느 변호사의 딸을 사랑했다. 그녀는 아름다운 사람이었다. 나는 나의 전 생애를 통해 아름다운 여성만 사랑했던 것을 자랑으로 여기고 있다.

"이것 또한 당신의 로맨틱한 추억의 하나가 되겠지요. 이렇게 바람이 부는 밤, 더구나 어두운 호수 위에서 여자에게 사랑 고백을 시키다니……. 나는 어느 남자를 사랑합니다. 그 사람은 다른 여자와 결혼했습니다. 그런데도 나를 한없이 사랑해주고 있습니다. 정말 우리가 함께 될 날이 있을지는 모르겠어요. 서로 편지를 주고받고 때때로 만나기는 하지만."

"실례되는 질문일지 모르겠지만, 그러한 사랑이 당신을 행복하게 해줄 수 있을까요? 아니면 불행하게 할까요? 혹은 그 양쪽 모두일까요?"

"아아! 사랑이란 것은 우리를 행복하게 해주기 위해 있는 것은 아니에요. 사랑은 우리가 고통을 얼마나 잘 견디고, 얼마나 강해질 수 있는지를 드러내 보이기 위해 있는 거라고 생각해요."

"역시 너는 나를 사랑하고 있지 않아. 또한 그 누구도 사랑하지 않아. 그렇지?"

"그럴지도 몰라. 우리 둘 다 마찬가지야. 너 또한 나처럼 그 누구도 사랑하고 있지 않으니까. 그렇지 않다면 너는 어째서 사랑을 하나의 기술처럼 생각한단 말이야?"

헤세의 생각

"나의 연인이라고요? 그건 또 무슨 말이에요? 바베트나 고향의 아버지나 선생님께 말해보지 그래요. 나도 정말 당신을 좋아하고 있고 당신의 마음을 아프게 하고 싶지 않지만, 당신이 나의 연인이 되려면 먼저 독립해서 돈을 벌지 않으면 안 돼요. 하지만 그렇게 되기까지는 아직 멀었어요. 지금은 그저 당신을 학생 신분으로 사랑하고 있는 거예요. 내가 당신에게 호감을 가지고 있지 않으면 이런 대화를 나누지는 않았겠죠. 그러니 풀이 죽을 필요는 없어요. 풀이 죽는다고 어떻게 되는 것도 아니고요."

"그럼 나는 어찌 해야 좋다는 말이오? 당신은 나를 좋아하지 않나요?"

"어머, 도련님! 그런 말은 하지 않았어요. 분별력을 가지세요. 당신의 나이에서는 아직 얻을 수 없는 것을 희망해서는 안 돼요. 우리는 좋은 벗으로 지내면서 때가 되기를 기다려야 해요. 때가 되면 무엇이든 제 위치에 닿게 되죠."

세상에는 단 하나의 마술, 단 하나의 힘, 단 하나의 행복이 있을 뿐이다. 우리는 그것을 사랑이라고 부른다.

우리는 사랑 그 자체로서 만족한다. 마치 목적을 두지 않고 방랑 그 자체의 즐거움을 바라는 것처럼.

"될 수만 있다면 나도 그렇게 하고 싶어요."

"그럼 잘 들어보세요. 나도 당신과 똑같아요. 나도 사랑하는 사람이 있지만 어쩔 수 없는 일이에요. 그저 우정이나 그 밖의 소중한 것들을 더욱 꼭 붙잡고 있을 수밖에요. 우리는 언제까지나 좋은 벗으로 남기로 해요. 적어도 이 마지막 날에는 서로 밝은 얼굴을 보이도록 해요. 좋지요?"

"나는 당신 하나만을 사랑하는 것은 아닙니다. 그것은 당신도 알고 있겠지요. 내일이면 나는 다른 사람을 사랑하고, 다른 모습을 하고 있을 겁니다. 나는 이제까지 느꼈던 어떤 사랑도, 그 때문에 꾸며냈던 현명하거나 어리석은 행동 모두를 후회하지 않아요. 당신을 좋아하는 것은 당신이 다분히 나와 닮았기 때문입니다. 다른 여성을 사랑하는 것은 나와 닮지 않았기 때문이지요."

헤세의 생각

연인들은 사랑의 향연이 끝난 뒤 결코 불만스러운 마음을 남긴 채 이별해서는 안 된다. 반드시 서로 경탄하고, 상대를 정복하는 것뿐만 아니라 정복당하기도 해야 한다. 둘 중의 어느 쪽이든 아쉬움이나 불만을 가지지 않아야 한다. 특히 상대에게 희생을 당했다든지 하는 불쾌한 마음이 일어나지 않게 주의해야 한다.

"나는 꽃이 없이도, 음악이 없이도 살아갈 수 있습니다. 그 밖의 것들이 없이도 살아갈 수 있겠지요. 하지만 결코 빼놓을 수 없는, 빼놓고 싶지 않은 것이 딱 하나 있습니다. 나는 나의 마음속에 있는 음악이 무시된다면 단 하루도 살아갈 수 없습니다. 만약 내가 어떤 사람을 남편으로 삼는다면 그의 마음속 음악이 수수해야 합니다. 그리고 그는 자신의 음악과 나의 음악이 잘 조화를 이루기를 영원히 바라는 그런 사람이어야 할 것입니다."

단 한 시간만이라도 그녀의 연인이 되고 싶었다. 그녀는 모든 것이었다. 어머니이며, 아기이며, 연인이며, 짐승이며, 마돈나였다.

사랑의 노래

나는 암사슴이고, 당신은 아기 사슴
나는 나무, 당신은 새
나는 눈, 당신은 태양
나는 꿈이고, 당신은 대낮

밤이 되면 잠든 나의 입에서
금빛 새가 당신에게로 날아간다.
금빛 새의 아름다운 날갯짓
금빛 새는 맑은 목소리로
당신을 향해 노래를 부른다.
사랑의 노래, 나의 노래를.

사랑

축복과 같은 당신의 입술에

다시 한 번 즐겁게 내 입술을 대고 싶다.

당신의 귀여운 손가락을 만지작거리며

내 손 안에 끼우고 싶다.

불타는 내 눈길을 당신의 눈에 쏟고

당신의 머리카락 속에 깊이 머리를 묻고 싶다.

항상 눈 떠 있는 젊은 몸으로

당신의 움직임에 충실히 반응하고

끊임없이 새로운 사랑의 불 속에서

당신의 아름다움을 천 번이고 되풀이하여 느끼고 싶다.

우리의 마음이 고요함과 고마움으로 가득 차서

모든 고뇌를 잊고 무상의 행복에 감싸질 때까지,

낮에도 밤에도 오늘도 내일도

사랑하는 형제로 인사할 수 있을 때까지,

무엇을 하더라도 빛으로 충만하고

평화 속에 잠겨 살 수 있을 때까지.

어떻게 그날 저녁을 잊으랴! 호숫가 어두운 벤치에 앉아서 바라보았던 따뜻한 6월의 석양을. 그리고 우리의 더듬거리는 대화, 한참 만에야 불쑥 꺼냈던 한마디 말, 그리고 첫 키스!

두 사람이 아무리 긴밀하게 얽혀 있다고 해도, 그 틈바구니에는 항상 깊은 수렁이 입을 벌리고 있다. 그러므로 그 위에 사랑의 다리를, 그것도 응급 치료의 다리를 시시각각으로 놓아주어야 한다.

아아, 저 여자는 얼마나 하찮은 남자와 결혼했단 말인가! 세상일이란 그런 것이로군.

사랑은 때때로 어이없을 만큼 허무할 수 있다. 서로 좋아하는 두 사람이 불가사의한 운명을 안은 채 엇갈린다. 그들이 서로 다가갈 수 있도록 도와주려 해도 무의미한 꿈속의 일처럼 헛수고로 끝난다.

헤세의 생각

"나는 거짓말을 할 수 없어요. 나는 당신을 사랑하고 있어요. 그리고 당신이 나의 남편이었으면 하고 생각한 적도 여러 번 있었어요. 당신은 내가 진심으로 같이 지내고 싶은 분이었어요. 지금까지 정해지지도 않고 선량하지도 않은 사람을 사랑할 수 있으리라고는 한 번도 생각해본 적이 없었는데 말이죠. 그러나 나는 남편 곁에 있는 것이 천 배나 유리하겠죠. 남편을 사랑하고 있는 것은 아니지만, 아무튼 그 사람은 신사니까요. 그리고 당신에게는 없는 명예와 품위를 가지고 있죠. 자! 이제는 제발 아무 말도 하지 말아 주세요."

때때로 연인이나 남편의 약을 올리는 것도 사랑과 마찬가지로 좋을지도 모른다.

한쪽에서는 잔인해지고 다른 쪽에서는 굴욕을 참는 것이 연애라면, 차라리 연애를 하지 않는 편이 좋을 것이다.

연애에 관해 나는 일생 동안 아이 때의 관점을 벗어나지 못했다. 내게 있어 여성을 향한 사랑은 늘 마음을 맑게 해주는 것이었고, 숭배하는 것이었고, 우수 속에서 줄기차게 타오르는 불꽃이었고, 푸른 하늘을 향해 두 손을 모으는 기도의 손이었다.

　나는 어머니를 비롯한 여성 전체를 알 수 없이 신비에 찬 종족으로 숭배해왔다. 그들은 아름다움을 지닌 채 태어났고, 모순이 없는 마음가짐을 지녔다. 그리고 별이나 푸른 산맥처럼 우리에게서는 멀고, 신에게는 한층 가까이 있는 것처럼 보였기 때문에 신성한 존재로 여겨졌던 것이다.

　젊은 사람들의 사랑과 결혼 생활을 오래 한 사람들의 사랑은 같은 것이 아니다.

　아직까지도 나는 여자들이 자기한테 반해버린 남자의 절망적인 괴로움을 잔인하리만큼 즐겁게 비라보고 있으리라는 의심을 버리지 못하고 있습니다.

　　　　　　　　　　　　　　　　헤세의 생각

소원

당신이 귀여운 손을 벌리고
한없이 많은 뜻을 속삭일 때
내가 질문을 던진 적이 있었나요?
나를 사랑하느냐고.

나를 사랑해달라고 바라지는 않아요.
그저 옆에서 아무 말 없이
살짝 당신의 손을
내밀어주기를 바랄 뿐이에요.

어머니가 없이, 형제도 없이, 특히 여자 형제가 없이 자라난 소년에게는 어린 시절의 절반이 없었던 것이나 다름없다. 다른 시기에도 여자의 마음과 친할 기회를 갖지 못한다면 생활의 절반이 없는 것이나 마찬가지다.

여자는 어린이의 보호자, 수호자로서의 신성한 임무를 맡고 있으며, 그러한 점에서 어떤 사랑과도 바꿀 수 없다.

서리가 내리면
꽃은 모두
말라 시들어가고
사람 또한
죽어서 무덤에 눕게 되네.

하지만 꽃처럼
봄이 오면
사람도 다시 태어나고
그러면 영원한 아픔도 없이
모든 죄 용서받게 되네.

헤세의 생각

행복한 사람이란 희망을 가진 사람이다.

그것은 비극적인 일이 아닙니다. 어떤 사람이 자기가 사랑한 것을 손에 넣고 독점하지 못하는 것은 인간의 운명 중에서 흔히 있는 일입니다. 그 아픔에서 벗어나려면 사랑에 대해 지니고 있던 열정과 헌신을 대상으로부터 떼어내어 일이나 사회적인 관계, 예술 같은 다른 목표로 돌려야 합니다. 이것이 당신의 사랑을 참되고 영원한 의미를 가지게 해주는 길입니다.

여자와 사랑은 모두 참 묘한 것이라고 그는 생각했다. 여자와 사랑은 확실히 말을 필요로 하지 않는다. 그 여자는 밀회 장소를 알리는 단 한마디의 말을 했을 뿐이었다. 그 외에는 어떤 말도 하지 않았다. 그렇다면 무엇으로 말했을까? 눈으로! 그렇다. 그리고 코 멘소리와 미묘한 살에서 발산하는 향내로! 남자와 여자가 서로를 원하고 있을 때에는 상대의 체취로 알아차릴 수 있다. 그것은 은어隱語처럼 우스운 것이기도 하다.

누구나 자신에게 닥친 불행을 최대의 불행이라고 생각한다.

부질없는 사랑의 환희 속에서, 그는 때때로 비애와 권태로운 기분이 솟구쳐 오르는 것을 느꼈다. 잠시 동안 도취되었던 쾌락의 불꽃과 짧았던 갈망의 연소와 재빠른 소멸. 그것이 그에게는 체험의 전부였던 것처럼 느껴졌으며, 인생의 모든 환희와 비애의 상징이 되었다.

그렇게 비애와 무상한 느낌을 맛보면서도 그는 사랑에 대한 신뢰의 마음을 잃지 않았다. 그 서글픔 또한 사랑의 환희였다. 가장 행복한 순간에 나타나는 사랑의 환희가 다음 순간의 호흡과 더불어 사라지지 않으면 안 되는 것처럼 깊은 고독과 서글픔이 갑자기 희망으로 변하여 인생의 밝은 면에 새롭게 마음을 붙일 수 있었던 것도 사실이었다.

죽음과 쾌락은 한 몸이었다. 그것은 생명의 어머니로서 사랑 또는 기쁨이라고 부를 수 있었고, 무덤 또는 부패라고 부를 수 있었다. 어머니는 이브였으며, 행복의 원천인 동시에 죽음의 원천이었다. 어머니는 영원한 탄생인 동시에 영원한 죽음을 의미하는 것이며, 어머니에게 있어 사랑과 잔인함은 같은 의미의 말이었다.

나는 생각했다. 철없이 까불던 소년 시절에 우리의 당연한 권리인 것처럼 인생이라는 것에 얼마나 많은 것을 기대하였던가. 그리고 그 속에서 울고 싶을 만큼 아주 적은 것밖에 실현하지 못했던 것이 아닌가. 그러나 인생은 역시 좋고 아름다운 것이며, 나날이 성스러운 힘으로 우리의 마음을 감동시키고 있다.

아마 여자의 사랑도 그러한 것이 아닐까? 그녀에게 꿈속 같은 숲이나 달빛 어린 정원 이야기를 들려주지만, 나중에 그녀가 볼 수 있는 것은 한 줌의 황폐한 땅이고 거기에는 장미꽃 대신 약간의 풀만 나 있다.

그녀는 그 풀을 엮어 꽃다발처럼 만들고 창가에 놓는다. 저녁의 어둠이 만물의 색깔을 삼키고 멀리서 바람의 노랫소리가 들려오면, 그녀는 그 꽃다발을 어루만지면서 미소를 짓는다. 그리고 그것이 마치 장미꽃이나 되는 것처럼 또는 창밖 풍경이 꿈의 정원이나 되는 것처럼 행복해진다.

사랑은 애원해서 얻을 수도, 돈을 주고 살 수도, 선물로 받을 수도, 길가에서 주울 수도 있어요. 그러나 절대로 빼앗을 수는 없는 거예요.

그 여자 없이는 살아갈 수 없다고 생각할 정도의 남자는 없다. 또한 그 여자와 같이 살아갈 수 없다고 생각할 정도의 남자도 없다.

사랑한다는 것은 이런 것이다. 사랑에는 고통이 따른다. 고통을 받든 받지 않든 그것은 중요하지 않다. 삶을 함께한다는 강렬한 느낌이 있다면, 삶도 우리를 신뢰한다면, 그리고 사랑이 식지만 않는다면 그것으로 족하다.

사랑과 기쁨처럼 우리가 행복이라고 부르는 신비로운 것들은 아무 데나 있는 것이 아니며, 우리의 마음속에만 존재한다.

행복은 현재의 세상에서 함께 호흡하는 것, 우주의 합창 속에서 같이 노래하는 것, 세계의 윤무 속에서 같이 춤추는 것, 신의 영원한 웃음 속에서 같이 웃는 것이다.

헤세의 생각

행복

그대가 행복을 추구하는 동안에는
그대는 행복이 무엇인지 아직 모르네.
가장 사랑하는 것을 손에 넣었다고 생각하지만.

그대가 잃어버린 것들에 대해 한탄하고
목표를 향해 움직이는 동안에는
그대는 평온이 무엇인지 아직 모르네.

그대가 모든 희망을 버리고
이제는 목표도 욕망도 없이
행복에 대한 어떤 것도 입에 담지 않으면

그때 비로소 세상의 거친 파도는 그대 마음에 닿지 않고
그대 마음은 처음으로 안식을 알게 된다네.

어떤 인간이든 그가 특별히 불행하다고는 할 수 없다. 마음속에 늑대가 없는 인간이라도 행복하다고 할 수 없다. 아주 불행한 생활 속에서도 태양은 빛나며, 자갈이나 모래 사이에서도 행복의 꽃은 핀다.

피에로는 과거 때문에 슬퍼하거나 꿈을 좇기 위해 현재의 행복을 희생하는 사람이 아니다.

인간의 마음은 행복을 향한 동경으로 가득 차 있지만, 행복 그 자체를 오래도록 감당해낼 수는 없다.

한순간을 위해 자기를 내던질 수 있다는 것, 많은 여자들이 제 나름대로 보내는 미소 때문에 오랜 세월을 희생할 수 있다는 것, 그것은 행복이다.

헤세의 생각

나는 나의 생활이든 남의 생활이든 그것을 의식적으로 만들어낼 수 있는 능력이 인간에게는 없다고 생각한다. 돈이나 명예나 훈장은 받을 수 있다. 그러나 행복이나 불행을 획득하는 것은 자신을 위해서나 남을 위해서나 할 수 있는 일이 아니다.

인생의 행복과 불행을 너무 지나치게 따지는 것은 부질없는 짓이다. 왜냐하면 인생에서 가장 불행했던 날들은 즐거웠던 날들 모두를 잊어버리게 하고, 또 잊어버리고 싶은 생각을 가지게 하기 때문이다.

전쟁은 개미도 한다. 벌들도 국가를 가지고 있다. 재산은 들쥐도 쌓는다. 그러나 그대의 영혼은 다른 것을 찾고 있다.

그대의 영혼이 희생한 대가로 성공을 거둔다고 한들 그대는 행복하지 못할 것이다. 왜냐하면 행복을 느끼는 것은 영혼이지, 이성이나 위장이나 두뇌나 돈지갑이 아니기 때문이다.

생활 속에는 가끔 행복이란 것이 찾아올 때가 있다. 그런데 그것이 오래도록 계속되지 않는 것이 오히려 좋을지도 모른다.

언제나 가을이 되면 나의 마음은 서글퍼졌다. 마음이 상했다고까지는 할 수 없지만, 나는 깊은 향수에 젖은 채 가을 햇살 속에서 공상을 하면서 잃어버린 것들을 지켜보고 있었다.

어딘가에 정착하여 자기의 땅을 바라보거나 그림을 그리는 것뿐만 아니라 그것을 사랑하고, 일구고, 농부나 목동의 성실한 행복을 맛보는 것도 내게는 아름답게 여겨졌고, 선망의 대상이 될 만한 운명이라고 생각되었다.

행복만을 바라보고 쫓아가는 한, 너는 행복을 누릴 만큼 성숙하지 못했다. 모든 사랑스러운 것이 네 것이 된다고 해도 잃어버린 것이 아까워 한탄하고 초조해하는 한, 너는 아직 평화가 무엇인지를 모르고 있다. 모든 희망과 목적과 욕망을 다 버렸을 때, 비로소 너의 영혼은 안식을 얻고 행복해질 수 있다.

헤세의 생각

행복은 '무엇'이 아니라 '어떻게'의 문제이다. 행복은 대상이 아니라 재능이다.

나이든 사람이 과거의 행복을 회상하려고 할 때에는 무엇보다 먼저 유년 시절을 떠올린다. 당연한 일이다. 행복을 체험하려면 시간의 지배를 받지 않아야 하고, 동시에 공포나 희망의 지배를 받지 않아야 하기 때문이다. 하지만 대부분의 사람들은 나이와 더불어 이 능력도 잃어버리게 된다.

불안이 없는 생활은 생각만 해도 정말 대단히 멋지다. 불안을 극복한다는 것 자체가 행복이고 구원이다.

3

언젠가는
평화가 찾아오겠지

나는 우리 사랑을 믿을 수 없으며,
인간성은 각박하고 쇠퇴해질 뿐이라고 생각합니다.
하지만 인류를 몰락에서 구원하는 것은
혁명이 아니라 사랑의 마술이라고 생각합니다.

전쟁은 우리가 인간의 운명에 대해 알고 있는 동안 항상 존재해 왔다. 이제는 전쟁이 없어졌다고 믿을 이유는 하나도 없다. 전쟁이 사라졌다고 착각하는 것은 우리가 오랜 평화에 익숙해졌기 때문이다.

많은 인간이 괴테적인 정신의 나라에서 살지 않는 한, 전쟁은 계속될 것이다. 전쟁은 먼 훗날까지, 아니 영구히 존재할 것이다.

그럼에도 불구하고 전쟁을 극복하는 것은 언제나 우리의 가장 고귀한 목표였고, 그리스도교적 서구 문화의 궁극적인 귀결로 여겨졌다. '지상의 평화' 같은 선의로 가득 찬 이상 세계를 항상 우리 인간은 꿈꾸어왔다.

동물적인 충동을 정신적인 것으로 순화시키는 데에서 인류 문화는 싹이 텄다.

아무리 삶을 찬미하는 사람도 죽음을 면하지 못하지만, 모든 예술이 인간에게 주는 위안은 인생이 살 만한 가치를 가지고 있다는 것이었다.

서로 반대되는 것은 모두 착각이다. 흰색과 검은색도 착각이고, 삶과 죽음도 착각이며, 선과 악도 착각이다.

전쟁은 우리 모두가 너무나 게으르고 안이해서, 또 너무나 겁쟁이이기 때문에 일어난다. 전쟁은 우리가 마음 어디선가 은근히 그것을 시인하며 허용하고 있기 때문에 일어난다.

전쟁이 일어나는 것은 누구의 책임도 아니다. 전쟁은 폭풍이나 천둥처럼 스스로 일어나는 것이다.

왕은 말했다.

"전쟁을 할 때에는 살인이 용납된다. 왜냐하면 전쟁에서는 증오와 질투 때문에, 혹은 자신의 이익을 위해 살인하는 것이 아니라 모든 인간의 요구에 의해 살인을 하기 때문이다. 그러나 우리가 아무렇지도 않게 죽는다고 네가 생각한다면 그건 틀린 것이다. 시체의 얼굴을 본다면 너도 알 수 있을 것이다. 그는 괴로워하면서 죽는다. 괴로워하면서 억지로 죽어가는 것이다."

국경만큼 증오스러운 것이 없고, 국경만큼 어리석은 것도 없다. 이성과 인간성과 평화가 지배하고 있는 동안에는 사람들은 국경이 있다는 것을 느끼지 못한다. 그러나 전쟁과 정신착란이 발발하자마자 국경은 중요하고도 신성한 것이 되어버린다.

나는 이전부터 자기의 세계는 국경선까지라고 생각하는 사람들을 비난할 마음이 추호도 없었다. 프랑스 사람이 그린 그림을 칭찬했다고 눈총을 주기나 외국어를 들으면 새빨갛게 화를 내는 사람은 문제 밖이다. 그러한 사람들은 앞으로도 똑같이 행동할 것이기 때문이다.

아주 잠시 동안이라도 인류의 이념과 세계적인 학문, 또는 국경을 초월한 예술의 아름다움을 믿어온 사람들이 있다. 그들이 이제 와서 전쟁에 온통 신경을 곤두세우면서 그러한 최상의 것들을 거리낌 없이 파멸 속으로 내던진다는 것은 어리석고도 옳지 않은 짓이다.

세계의 모든 예술가가 아름다운 건축물을 위험에 몰아넣지 말라고 항의한다면, 프랑스가 약간은 유리해진다는 것일까?

독일 사람이 프랑스 책이나 영국 책을 잃지 않게 되면, 독일에 조금이라도 득이 된다는 것일까?

전사

잘 왔구나,
나를 감싸고 재워줄 초저녁이여.
잘 왔구나, 죽음이여.
별이 반짝이는 것이 보인다.
아! 어머니가 울음을 터뜨리겠지.
안 돼요 울어서는, 나는 괴로워하지 않는걸요.
나를 쓰러뜨린 도대체 모를 것이여,
지금 그대는 밤에 싸여
평화스러운 별빛 속에 잠들어 있네.
그리고 우리의 싸움도 증오도
밤 속에서는 빛이 사라지고
우리는 곧 친해져 형제가 되겠지.
나를 가슴에 안아다오, 오, 세계여!
그대의 어두운 기쁨을
다시 한 번 이 불안한 가슴을 적셔다오.
어째서 우리는 길을 잃었을까.
하지만 기어이 모두 고향으로
어머니에게로 돌아가는 것이라네.

봄

푸른 숲 나무들 싹이 눈물처럼 빛난다.
노란 꽃이 짙푸름 속에서 빛나고 있다.
새들의 사랑에 겨운 지저귐이
밝은 숲 속에 또록또록 흐른다.
그리고 어린이들은
들녘에서 벗꽃을 찾아다니며
다가올 삶에 대한 막연한 느낌으로 괴로워하며
서툰 혀로 노래를 부른다.
그러나 우리 어른들은
멀리 포성이 빈사 상태의 사람이 내는 맥박 소리처럼
희미하게 떨고 있는 저 산 너머로
귀를 곤두세우고 있다.

언젠가 평화는 찾아오겠지.
언젠가 어린이와 함께 어울려
엄숙한 식전에 화환을 운반하겠지.
잊을 수 없는 사람의 묘에 바치는 화환을.
죽음의 손을 피해 햇볕에 그을려

헤세의 생각

돌아오는 사람을 맞는 화환을.
우리는 화환을 나르고
근엄한 종소리와 더불어
평화는 찾아오겠지.
언젠가, 언젠가는 소리 없는 수천의 사람들 위에
눈 속 깊은 데서 미소를 띠며
불멸의 어머니는 몸을 굽히시겠지.

괴테는 애국적인 시를 한 편도 쓰지 않았지만, 그를 애국자가 아니라고 할 수는 없다. 괴테에게는 한 개인으로서 사랑했던 독일의 기쁨보다 인류 전체의 기쁨이 위에 있었던 것이다. 그는 사상과 정신의 자유, 지적 양심을 가진 세계의 시인이었고 애국자였다.

거의 10년 동안 나에게는 전쟁에 대한 항의, 인간의 난폭함과 어리석음에 대한 항의, 특히 전쟁을 떠들고 다니는 사람들에 대한 항의가 의무처럼 되어 있습니다. 나는 이 문제에 대해 근본적으로는 나의 입장과 나 역시 죄인이라는 사실을 명백히 밝혔습니다.

나는 세계적인 전쟁을 피할 수 있다고 생각합니다만, 그것은 군비와 새로운 파괴 수단의 축적에 의해서가 아니라 이성과 협조에 의해서입니다. 그리고 세계의 어떤 나라도 계속 전쟁에서 승리를 거두어 존엄과 자유를 보존할 수 있으리라고는 믿지 않습니다. 나는 전 인류를 두 부분으로 나누어 모든 악마적인 수단으로 서로를 헐뜯으려고 하는 광신적인 행태를 반대합니다.

전쟁 중의 휴가가 끝날 때

낡아빠진 나들이 지팡이를
촉촉이 젖은 풀 속에 던지는
어차피 죽을 몸
눈이 젖어 있네.
아직도 말하는 것을 들어야만 하고
마음에 물들지 않는 것을 해야지.
더구나 몸을 돌리면 푸른 하늘
시냇물, 초원, 단애
이 세계의 울림과 빛이 가득하다.
또다시 비굴할 수밖에 없구나.
또다시 동경할 것에 괴로워하며
서투른 일을 해야만 하네.
마음속에서는
어두운 고통의 실을 짜며
황금의 꿈을 반으로 줄이면서
나는 갈대 속에 몰래 던져버리는
내가 이용되지 않으면 안 되는
무리, 대신, 각하, 대장들 모두 같이
악마에 잡혀나 갔으면.

오늘날에도 기꺼이 군대와 전쟁을 위한 임무를 맡으려는 사람들이 있습니다. 뮐러 씨라는 이름 대신 대령님이니 중위님이니 하는 호칭을 더 좋아하는 사람들 말입니다.

평화와 진리의 벗인 우리는 이들 야심가나 상인들의 말에 귀를 기울이거나 협력하지 말아야 합니다. 우리는 폭탄과 전쟁이 아니라 평화를 향한 길, 세계의 질서와 해독을 위한 수단이 반드시 있으리라는 신념을 버려서는 안 됩니다.

우리는 전쟁을 단호히 배격한다.

원자폭탄도 전쟁과 같다. 그것을 제조하고, 개량하고, 저장하는 사람들은 앞서의 세계대전에서 승리했으나 사실은 손해를 보았다. 그들은 한층 군비를 강화하지 않으면 안 된다는 것을 배웠을 뿐이다. 승리한 나라의 지도자나 장군들은 그 외에는 아무것도 배우지 않았고, 배우려고 하지도 않았다.

그들은 슬퍼해야 할 승리를 거둔 이래 평화를 위해서는 아무것도 하지 않고, 새로운 전쟁 발발이 가능하다는 말만 하고 있다. 우리는 그들을 폭탄 제조에 협력하고 있는 물리학자들과 함께 우리의 적, 평화와 인류의 적으로 보고 있다.

나는 1914년부터 1918년까지 계속된 전쟁을 몸이 부서지도록 아주 강렬하고 생생하게 경험했습니다. 그래서 그 뒤로 한 가지의 일에 대해서는 완전하고 확고한 신념을 가지고 있습니다.

폭력에 의한 세계의 변혁에 대해서는, 그것이 사회주의적 변혁이든 한눈에 바람직하고 옳게 보이는 변혁이든 간에 거부할 뿐 지지하지 않겠다는 것입니다.

확실히 평화는 죄악입니다. 비폭력만이 밝은 눈을 뜬 유일한 길입니다. 그 길은 결코 모든 사람의 길이 될 수는 없을 것이며, 세계사를 만들고 전쟁을 하는 사람들의 길도 될 수 없을 것입니다.

그러므로 지상이 낙원처럼 되지는 않을 것이고, 인류가 신과 하나로 뭉쳐 화해할 수도 없을 것입니다.

악인은 지배하고 착취할 것이며, 무관심한 사람은 환성을 울리거나 설혹 이를 갈아도 끝내는 폭력에 동조할 것입니다.

소수의 눈을 뜬 사람들은 죄악과 권력의 세계에 되풀이하여 굉장한 구원의 말들을 쏟아낼 것입니다. 마치 부처나 예수 그리스도나 소크라테스처럼. 그리고 원시 그리스도교나 퀘이커파나 간디의 정신처럼.

전쟁이 시작되었습니다. 그리고 전쟁과 더불어 옛날부터 독일의 저작가가 경험하는 문제, 즉 독일의 정신과 언어의 비극적인 운명에 대한 문제가 지금까지보다 한층 통렬하게 모습을 나타냈습니다.

무책임한 문학, 감격에 겨워 혹은 단순히 몸을 파는 사이비 문학, 아주 애국적이기는 하나 용렬하고 허위에 차 있고 조잡하고 정신적으로 독일 국민에게 맞지 않는 문학이 등장하게 되었습니다. 저명한 학자나 작가까지도 하사관 같은 문장을 썼습니다.

나는 정신과 국민 사이의 모든 다리가 허물어졌을 뿐 아니라 정신 그 자체가 이미 존재하지 않는다고 생각하게 되었습니다.

평화라는 것에도 생명이 있습니다. 따라서 모든 생명체와 마찬가지로 순화되고, 시련에 견디고, 변화를 겪지 않으면 안 됩니다.

평화는 사상으로서, 하나의 제안으로서, 은근히 활동하는 힘으로서 모든 방면과 모든 사람의 마음속에 있다.

우리 문학인들이 반전운동에서 해야 할 일은 조금밖에 없다. 강력한 로마 가톨릭 교회까지도 평화를 위한 기도뿐만 아니라 실현을 위해 힘을 썼으나 성공을 거두지 못하였다. 그럼에도 불구하고 정신과 언어는 무한한 힘을 가지고 있기 때문에 막중한 책임을 져야 한다.

'조국을 위해'라는 말을 들으면서 살인을 강요당하였을 때, 그것을 거부할 만한 용기를 가질 수 있느냐 하는 문제에 대해 누구도 확실하게 대답하지 못합니다. 그리고 자신이 옳다고 인정한 것들을 위해 마지막까지 희생을 각오하겠다는 말도 할 수 없습니다.

사실 누구라도 그러한 희생을 바쳐야 할 의무를 지고 있는 것도 아닙니다. 각자는 자기에게 알맞은 일을 하면 되는 것입니다.

당신이 살인 명령을 단호하게 거부할 것인지 아닌지, 표면적으로만 복종하는 체하고 말 것인지 아닌지, 그것은 당신의 내부에 있는 지도자인 당신의 감정과 양심이 결정할 일입니다. 우리는 이성과 도덕뿐만 아니라 우리 자신의 성질에도 묻지 않으면 안 됩니다.

평화

누구나 그것을 가지고 있었지만
누구도 그것을 소중하게 여기지 않았다.
누구나 그 달콤한 샘물을 마셨는데
평화라는 이름에 지금은 무슨 의미가 있을까.

그것은 멀리서 망설이며 울리고
눈물에 젖어서 무겁게 울린다.
누구도 그날을 모르지만
그러나 그날을 기다리며 동경하고 있다.

언젠가 기뻐하며 맞아야지.
최초의 평화의 밤이여,
귀여운 별이여, 그대가 기어이
최후의 전쟁의 표면 위에서 모습을 드러낼 때.

밤마다 나의 몸은
그때를 원하고 있다.
성급한 기대는 이르게도

헤세의 생각

평화의 나무에 금 열매를 달고 있다.

언젠가 기뻐하며 맞아야지.
제2의 미래의 서광이여,
그대가 유혈과 고난 속에서
이 세상 하늘에 모습을 드러낼 때.

세계는 여러 가지 위험이나 가능성으로 가득 차 있습니다. 결코 공산당만이 유일한 위협은 아닙니다. 그들도 우리와 마찬가지로 총을 쏘고, 총에 맞아 죽는 것을 기뻐하지는 않을 것입니다.

　　진실로 세계의 평화를 위협하는 것은 전쟁을 바라고, 전쟁을 준비하는 사람들입니다.

　　서부전선에서의 휴전과 더불어 드디어 4년에 걸친 전쟁은 막을 내렸지만, 그것은 어느 곳에서도 한마음으로 축복을 받지 못했다. 여기서는 전제주의가 붕괴된 것을 축복했고, 저기서는 전쟁에 이긴 것을 축복했다. 정말로 바보스러운 총질이고 살육이었다. 4년 동안 공포의 세월을 보낸 뒤 겨우 끝낸 전쟁임에도 불구하고, 이 사실은 누구의 마음도 감동시키지 못했다. 그야말로 기묘한 세상이다.

　　산다는 것은 곧 전쟁이다. 반면에 평화가 무엇인지를 규정하는 것은 실로 어려운 일이다. 평화는 천국과 같은 원시 상태도 아니고, 합의에 의해 질서가 세워진 공동생활의 한 형식도 아니다.

헤세의 생각

인간이 만드는 모든 형식, 즉 문화, 문명, 질서 같은 것은 무엇을 허용하고 무엇을 금지해야 되는지에 근거를 두고 있다. 동물과 먼 미래의 인간 사이에 위치한 현재의 우리가 공동사회에 요구되는 사회성을 간직하기 위해서는 무한한 인내와 극기심이 필요하다.

인간은 야수와 같은 잔인한 이기심을 가지고 있어 늘 억누르기 힘든 충동에 휩싸인다. 문화와 문명, 사회적 약속 등이 그것을 숨기고 있기 때문에 외부로 드러나지 않을 뿐이다.

평화는 하나의 이상이다. 그것은 말로 표현할 수 없을 만큼 복잡하고, 불안정하고, 늘 위협을 받고 있다. 평화를 파괴하려면 숨을 한 번 내뱉는 정도로도 충분하다.

세계사라는 것도 개인의 인생과 조금도 다를 바가 없다. 이제 우리는 세계사에 관심을 가지지 않았던 때가 보다 아름다운 시대였다는 것을 알고 있다. 개인의 생활에서도 거친 투쟁의 시대보다 조용한 조화의 시대를 선택하는 것이 좋다.

나는 많은 친구들이나 대립적인 사람들이 일컫는 것처럼 평화주의자는 아니다. 나는 합리적인 방법, 예컨대 설교나 조직, 선전에 의해 세계의 평화가 이루어진다고는 생각하지 않는다. 그것은 화학자 회의에 의해 현자의 돌이 발견될 수 있다는 말을 믿지 못하는 것과 같다.

사상과 영원으로서의 평화, 목표와 이상으로서의 평화는 오랜 옛날부터 존재해왔다. 수천 년 전부터 평화의 기반을 다져준 강력한 금언이 있다. 즉, '죽이지 말라'라는 말이다.

인간에게는 진실에 대한 감각과 질서를 향한 욕구가 내재되어 있습니다. 그것이 결코 파괴되지 않는다는 신념이 나를 버티게 해주고 있습니다. 나는 오늘날의 세계가 정신병원이나 제물을 바치는 보기 흉한 연극처럼 느껴져 가끔 심한 구토 증세를 느낍니다. 그래도 미친 사람이나 주정뱅이를 볼 때처럼 언젠가 정신을 차리면 얼마나 부끄러워할까 하는 기분으로 보고 있습니다.

헤세의 생각

유럽 문화의 찬란한 첫 발자국이었던 로마 문화는 네로 황제에 의해 멸망한 것이 아니다. 스파르타쿠스나 게르만 민족에 의해 멸망한 것도 아니다. 중동 아시아에서 건너온 새로운 사상의 씨앗, 즉 예수 그리스도의 교회라는 형태로 나타난 사상 때문에 멸망한 것이다.

우리가 문화, 정신, 영혼, 아름다움, 성스러움 등으로 부르고 있는 것은 이미 오래전에 없어진 망령일 뿐, 소수의 바보들에게만 참되고 살아 있는 것으로 알려져 있다.

인류를 오늘날과 같은 상태로 만든 것은 두 가지의 정신병적 증상이라고 나는 생각한다. 바로 기술의 과대망상과 민족주의의 과대망상이다. 이 두 가지가 지금 세계의 여러 모습과 자의식을 만들어낸 것이다. 우리는 그 결과로 일어난 두 번의 세계대전과 그에 따른 영향을 받고 있다. 그것이 가라앉기까지 비슷한 소란이 몇 번 더 일어날지도 모른다.

나와 로맹 롤랑은 모든 민족주의적인 것에 등을 돌리고 있다는 공통점을 가지고 있다. 우리는 민족주의를 시대에 뒤떨어진 센티멘털리즘, 현재 세계의 가장 큰 적이라고 전쟁 전부터 믿고 있었다.

　　청년들의 4분의 3이 히틀러와 그의 어리석기 짝이 없는 선동적인 글귀에 심취해 있는 상황에서 우리가 발붙일 만한 곳은 없다. 하지만 로맹 롤랑은 여전히 프랑스의 동포들을 향해 반민족주의를 외치고 있고, 나도 현재의 독일의 민족주의적 행태에 대해 더욱 극심한 혐오와 적개심을 키워가고 있다.

　　나는 단 한 가지를 믿고 있다. 그것은 몰락이다. 우리는 수레를 타고 심연 위를 간다. 말은 지쳤다. 우리는 몰락하고 있다. 우리는 죽지 않으면 안 된다. 다시 태어나지 않으면 안 된다. 위대한 전환기가 온 것이다.

　　어디를 둘러보아도 같다. 큰 전쟁. 미술의 큰 변화. 서구 제국의 붕괴. 우리의 옛 유럽에서는 우리 자신의 것이었던 모든 것이 사멸하였다. 우리는 몰락하고 있는 것이다.

헤세의 생각

나는 일생 동안 개인과 개성 또는 개체의 옹호자였습니다. 그리고 개체에 사용되는 일반 법칙이라든가 특별한 처방 같은 것이 있으리라고는 생각하지 않았습니다. 무슨 법칙이라든가 처방 같은 것은 개인을 위해서가 아니라 다수를 위해, 민중이나 국민이나 집단을 위해 있는 것이라고 생각해왔습니다.

나는 지난 일을 회상한다.

언젠가 모두 모차르트 시대의 분장을 한 채 대화를 나누고 있었는데, 나의 애인이 갑자기 눈에 눈물을 머금고 있었다. 나는 깜짝 놀라서 이유를 물었다. 그랬더니 그녀는 이렇게 말했다.

"오늘은 어째서 모든 것이 저렇게 추해 보여야 합니까?"

그때 나는 다음과 같은 말로 그녀를 달래주었다.

이전 시대 사람들의 생활에 비해 지금은 훨씬 자유롭고 풍요롭고 위대해졌다. 옛날에는 사람들의 머리에 이가 들끓었고, 거울이나 촛대의 화려함 뒤에서는 억압된 민중이 굶주리고 있었다.

우리가 이전 시대의 아름다운 점, 밝고 깨끗한 추억만을 오늘날까지 지녀온 것은 아주 잘한 일이라고. 그러지 않고서는 우리가 언제나 이성적인 사고방식을 유지하는 일이 어려웠을 것이다.

우리는 모두 실제의 세계가 학교의 교과서나 호화스러운 그림책에 표현된 것과는 전혀 다르다는 사실을 알고 있다.

인간은 개인적이고 인생은 단 한 번뿐이라는 사고방식을 버리고, 기계 속의 작은 톱니바퀴처럼 규범적인 인간을 길러내는 것. 그것이 오늘날의 세계에서 국가와 정당과 도덕 교사들의 역할이 되고 있습니다. 나는 이러한 선전 활동의 도덕적인 가치를 부정하지는 않지만, 결코 신뢰하지도 않습니다.

새로운 문화가 가능해지려면, 그전에 근대국가와 함께 신이나 정신으로부터 멀어진 근대인의 모든 삶이 붕괴해야 한다.

지도자를 필요로 하는 사람은 자신이 책임질 일이나 자신이 생각하는 것에 욕심을 내지 못하는 자입니다.

헤세의 생각

나는 투쟁이나 행동이나 반항을 언제나 지지하는 것은 아닙니다. 세계를 변혁시키려는 의지는 오히려 세계를 전쟁과 폭력으로 인도할 수도 있기 때문입니다. 따라서 어떤 반대 운동에도 합류할 수 없었습니다. 나는 단순하게 생각하는 사고방식을 인정할 수 없고, 지상의 온갖 부정과 죄악이 제거될 수 있으리라고 믿지 않습니다. 우리가 변화시킬 수 있는 것은, 그리고 우리가 반드시 변화시켜야 하는 것은 바로 우리 자신들입니다.

나는 그 누구에게도 정당에 가입하지 말라는 말을 하지 않습니다. 그러나 너무 젊을 때부터 정당에 소속되면, 동료에게 둘러싸여 있다는 기분을 느끼기에 앞서 자기의 판단을 팔아버리는 위험에 빠지게 됩니다.

세계가 보다 즐겁고 유쾌한 곳으로 변화했다면, 그것은 개혁자들에 의해서가 아니라 이기심을 추구하는 사람들의 손에 의해 그렇게 된 것이다.

정치 속에 인간성과 도덕성을 담는 것은 모든 사람들의 소망이지만, 그것을 어떤 방법으로 실천할 것인가 하는 단계가 되면 우리는 속수무책입니다. 정치의 아주 작은 부분에서라도 인간다운 얼굴과 마음가짐을 찾아볼 수 있다면, 우리는 이 지쳐버린 세상에서 기쁨을 느끼고 희망을 가질 수 있을 것입니다.

아무리 용맹스러운 사람도 용기를 잃어버릴 때가 있습니다. 그럴 때 어느 정당에 가입하여 자기 몸의 안전을 도모하려는 생각을 품기 쉽습니다.

용기는 이성을 필요로 합니다. 그러나 그것이 이성의 아들은 아닙니다. 용기는 보다 깊은 곳에서 우러나옵니다.

오늘날의 많은 젊은이들은 로마 가톨릭 교회 아래에서든, 루터 교회 아래에서든, 설혹 공산주의 아래에서라도 좋으니 통제를 받기를 원합니다. 헤아릴 수 없이 많은 젊은이들이 이미 통제를 받아들여 스스로를 내던지고 말았습니다.

헤세의 생각

우리는 어떤 형태의 테러리즘도 증오할 것이며, 인간에게 폭력을 가하는 것은 무엇이든 혐오할 것입니다. 그러나 히틀러와 스탈린, 파시즘과 공산주의를 같은 항아리 속에 집어넣어서는 안 됩니다. 파시즘은 시대착오적인 어리석은 시도였지만, 공산주의는 인류에게 어느 정도 필요했던 시도였기 때문입니다.

파시즘과 공산주의의 활동 방법이 비슷해서 구별할 수 없을지 모르지만, 그렇다고 그 둘을 같이 취급하는 것은 옳지 않습니다.

나의 경험상 인간에게 가장 크고 위험한 적은 정치적인 것이든, 종교적인 것이든 빈틈없는 교의를 가진 공동체로 달려가려는 충동입니다.

나는 예술가이며, 예술가의 눈으로 세계를 봅니다.

그리고 나 자신이 민주적 사고방식을 가진 자라고 생각합니다. 하지만 느끼는 방법은 귀족적이라고 말할 수밖에 없겠습니다. 나는 양보다 질을 중요시하기 때문입니다.

십자가상의 예수

태양은 말없이 몸을 감추고,
무덥게 저녁이 들판 위로 불어간다.
구름이 둘러서 있고
당신의 창백한 모습만이
밝게, 이미 어둠으로 덮인
하늘을 향하고 있다.
이 사람을 보라!
고통으로 인해 당신의 입은 일그러져 있고,
마지막 숨은 끔찍한 신음 소리,
그런데 당신 밑에서 세상은 여전히 큰 소리로 흘러가고,
여기 창백하게, 비탄과 치욕으로 엎드려
당신을 향해 어머니가 울고 있다.
이 사람을 보라!
하지만 고통을 넘어선 눈에서는
죽어가면서도 선한 일을 하고자 열망하는,
사랑의 광선이 동경에 넘쳐흐르니
이것은 고통의 불꽃이 아니고,
이것은 하늘의 빛이니
이 신을 보라!

인식, 즉 정신의 각성이 성서에서 죄—에덴동산의 뱀으로 대표되는—로 표현된 것처럼 인간이 된다는 것, 군중에서 개인으로 길을 연다는 것은 언제나 도덕적 관습에서는 불신의 정신으로 비쳐지고 있습니다. 아버지와 아들 사이의 알력이 오랜 옛날부터 당연한 것처럼 있어왔지만, 어느 아버지든 새삼스럽게 그것을 전대미문의 반역으로 받아들입니다.

참된 개성을 지닌 젊은이는 이 세상에서 괴로워해야 할 일이 많지만, 즐거운 일도 많을 것입니다. 비록 군중의 옹호를 받지 못하더라도 자신의 상상력에 대한 기쁨을 맛볼 수는 있습니다. 그리고 청년 시절이 지나면 아주 무거운 책임을 짊어져야 합니다.

서양인 중에서도 특히 가장 바보스럽고 야만스럽고 투쟁적인 유형은 '파우스트적 인간'입니다. 파우스트는 열등감 때문에 오히려 큰소리를 치는 독일 사람이지요. 나는 그들의 투쟁을 사랑하고 찬미합니다. 서로 헐뜯는 것은 그들에게는 하나의 미덕입니다.

나도 옛날에는 젊었습니다. 내게도 투쟁이라는 단어는 마음을 설레게 하였고, 고귀한 울림을 가져다주었습니다. 그러나 투쟁이 내게 근본적으로 매력적이지 못했던 까닭은 비전투적인 것, 고민을 가진 것, 조용하며 탁월한 것을 더욱 좋아했기 때문입니다.

그래서 나는 투쟁이 아닌 인내의 길을 선택했습니다. 나는 단순하고 소극적인 것이 아닌 인내의 개념과 공자에서 소크라테스, 예수 그리스도에 이르기까지 항상 중요하게 여겨왔던 '덕'의 개념을 발견한 것입니다.

현대의 특징은 카오스(혼돈)이다. 서양의 몰락은 이미 진행되고 있다. 이 몰락하는 세계에 속해 있지 않은 각자가 자신의 내부에 카오스를, 즉 선과 악, 아름다움과 추함, 밝음과 어두움의 구별이 없는 세계를 가졌다는 뜻이다.

새롭게 선과 악을 구별하고, 그 영역을 정하는 것은 오늘날 개개인의 일이 되었다. 현재의 예술에는 카오스와 데미우르고스(제작자라는 뜻으로, 조물주를 가리킴)가 함께 얼굴을 내밀고 있다. 새로운 질서를 세우기 위해서는 일단 카오스의 존재를 인식하고 실제로 경험해보아야 하기 때문이다.

헤세의 생각

십자가만이 사랑을 증명한다고 생각한다. 십자가를 짊어지지 않고서는 결코 다른 사람들을 사랑할 수 없다. 이웃을 사랑하는 마음으로 누군가를 사랑해보라. 거기에는 반드시 십자가가 앞선다.

유럽의 이상이 나의 이상은 될 수 없습니다. 서로 살인을 대수롭지 않게 저지르고 있는 유럽 사람들을 나는 믿지 않습니다.

나는 유럽을 믿지 않습니다. 인류만을 믿습니다.

내가 믿는 것은 지상에 이루어질 영혼의 왕국입니다. 모든 나라 사람들이 참가하는 지상의 정신적인 나라! 그 고귀한 꿈의 실현은 아시아에서 이루어질 것이라고 나는 생각합니다.

아주 심각하게 비참한 공포의 시대가 찾아올지도 모른다. 그러나 그러한 비참함 속에서도 행복을 찾을 수 있다면, 그것은 아마 정신적인 행복일 것이다. 뒤로는 이전 시대의 교양을 받아들이고, 앞으로는 물질의 손아귀에 빠져들기 쉬운 시대에 분명하고도 끈덕지게 정신을 주장하는 행복 말이다.

오늘날 우리 모두는 절망 속에서 살고 있다. 우리는 신과 허무의 사이에 놓여 있는 것이다. 신과 허무의 사이에서 우리는 가까스로 숨을 쉬고 흔들린다.

오늘날의 생활은 공장에, 증권거래소에, 도박장에, 대도시의 바나 댄스홀에 있다. 이 생활이 바가바드기타(힌두교의 주요 경전 중 하나)나 고딕 대성당을 만든 사람들의 생활보다 더 좋고, 더 성숙하고, 더 현명하고, 더 바람직한 것일까?

점점 고립되는 것 같으나 물러서지 않고 계속 전진하며, 인습이나 전통 따위에 얽매이지 않는 사람은 그 무엇으로도 해결할 수 없는 질문과 의심을 갖게 된다. 하지만 그는 오랜 관습이 무너진 무대 뒤에 씁쓸한 진실이 얼굴을 드러내는 것을 더 많이 보거나 적어도 그럴 것이라는 사실을 예상할 수 있게 된다. 자기 자신에 대한 심층적인 분석이 이루어져야 세계의 한 부분일지라도 진정으로 체험하고, 거기서 전해지는 생생한 감정을 느낄 수 있다.

내 머릿속에는 가끔 아무런 이유 없이 어두운 그림자가 드리워진다. 그것은 구름이 그늘을 만들어 세상을 가리는 것처럼 나의 세상을 가려버린다.

기쁨은 가식으로 느껴지고, 음악은 맥없이 풀어진 것처럼 들린다. 무거운 마음을 짓누르고 사느니 차라리 죽고 싶다는 생각이 들 때도 많다.

얼굴에 쓴 탈을 벗고 이상적인 것을 무너뜨릴 때마다 끔찍한 공허함과 침묵이 몰려온다. 무서우리만큼 위축되는 마음 곁에 아무도 없는 것처럼 느껴지는 외로움, 그 텅 빈 황량함과 절망들은 지금 내가 다시 겪어내야만 하는 것들이다.

예수 그리스도부터 슈베르트나 고흐에 이르기까지 앞 시대의 사람들을 유치하고 웃음거리에 불과하다고 생각하는 것이 과연 옳은 일일까? 우리보다 앞서 있었던 모든 것에 대한 격렬하고 병적인 증오가 새로운 시대의 강인함을 증명하는 일일까?

독일인을 포함하여 지금의 인간들은 자기 뜻대로 되지 않으면 그 책임을 남에게 돌리는 기교를 지니게 되었다.

독일은 세계대전 이후 유럽에 나타난 현상들에 대해 중대한 책임이 있다는 것을 인정함으로써 오히려 스스로 도덕적 정화와 양심의 혁신을 이룰 기회를 잃게 되었습니다.

독일은 세계에 자신의 모든 죄를 덮어씌우려고 가혹하고 부당한 강화조약을 이용했습니다. 1914년의 경우와 마찬가지로 자신들이 얼마나 부당하게 어려운 처지에 놓여 있는지를 강조하고, 모든 악의 책임을 프랑스인이나 유대인에게 떠넘겼던 것입니다.

개구쟁이 아이가 다른 아이에게 짓궂다고 말하는 것을 보면, 우리는 어이없어 미소를 지을 것이다. 그런데 그 개구쟁이와 똑같이 우리 독일인들은 전쟁 중에 우리의 적이 우리보다 나쁘다고 주장해온 것이다.

사실 대부분의 평범한 사람들에게는 민주국가든, 군주국가든, 연방국가든 그러한 것은 중요하지 않다. 우리는 '어떠냐'를 묻는 것이지, '무엇이냐'를 문제 삼지 않기 때문이다.

자기만을 사랑하고 자기와 대립되는 사람을 무조건 미워하는 사람이 있다면, 그를 행복한 사람이라고 할 수 있을까?

조국의 비참하고 불행한 처지에 대해 자기에게는 전혀 책임이 없다고 주장하며, 프랑스인이나 유대인 또는 러시아인을 적대시하면서 조금도 반성할 줄 모르는 애국자들이 과연 행복할 수 있을까?

우리는 두 종류의 사람이 있다는 것을 알고 있으며, 그에 의해 판단을 내린다. 그 두 종류의 사람이란 자기의 주의주장에 따라 살아가는 사람과 자기의 주의주장을 주머니 속에 넣어 다니는 사람이다.

그날 밤, 내가 잠을 이룰 수 없었던 것은 히틀러의 잔인한 행동에서 아주 강한 인상을 받았기 때문입니다.

　그래서 나는 시 한 편을 썼습니다. 그 시 안에서 나는 전율에 대항하는 나의 신념을 털어놓으려고 했습니다.

　그 시의 마지막 구절은 이러합니다.

　때문에 방황하는 우리 형제들은
　분열 속에서도 사랑이 가능하다.
　판단이나 증오뿐 아니라
　강한 인내를 가진 사람이
　사랑하며 참을 수 없는 것이
　우리를 성스러운 데로 좀 더 가깝게 다가가게 한다.

　나의 사상과 행동이 독일인다운지 아닌지는 나 자신이 판단할 수 없습니다. 나는 결국 내가 지니고 있는 독일인의 기질에서 벗어날 수 없습니다.

　그러나 나는 나의 사상과 행동이 나 자신뿐만 아니라 나의 민족에게도 봉사하게 되리라는 확실한 믿음을 가지고 있습니다.

내가 가장 경멸하는 사람은 어제까지도 아주 보수적인 애국의 말을 지껄이다가 오늘은 돌변하여 혁신적인 말을 쏟아놓는 자들이다.

우리는 인간의 마음속에서 행해지는 것만을 위대하다고 생각한다. 황제 숭배에서 민주주의 숭배로 전향하는 것은 단지 깃발을 바꾸어 드는 일일 뿐이다.

나는 우리의 학문, 정치, 사고방식, 신념 같은 것을 믿지 않습니다. 나는 우리가 시대의 이상이라고 믿는 것에 대해 조금도 공감하지 않습니다.

그렇다고 내게 아무런 신념이 없는 것은 아닙니다. 수천 년에 걸쳐 이어진 인간성의 법칙이라는 것을 나는 믿고 있습니다. 그리고 이 법칙이 우리 시대의 모든 혼란을 딛고 우리가 일어서게 해주며, 우리를 평화롭게 살도록 해줄 것이라고 나는 믿습니다.

독일인에 대해 나는 이전부터 그다지 근심하지 않았습니다.

나는 제1차 세계대전 동안 많은 체험을 했고, 거기서 여러 가지 결론을 얻었습니다. 그래서 지금은 중립국의 외국인 입장이 되어 독일의 운명을 바라보고 있습니다.

내가 독일의 운명에 적극적으로 관여하거나 그것과 함께하지 않는 것은 독일이 내게 무관심의 대상이거나 아무런 관계가 없어서가 아닙니다.

독일에는 내가 태어난 고장이 있고, 독일에 사는 많은 사람들과 나는 떼려야 뗄 수 없는 인연을 가지고 있습니다. 또 독일의 언어와 문화를 저버리고 살 수도 없습니다.

이러한 관계를 아주 끊는다는 것은 자기 자신을 잊어버릴 수 없는 것과 같이 애초부터 불가능한 일입니다.

아무리 열렬한 히틀러 숭배자라고 해도 때로는 당파적인 도취에서 벗어나 그 비열한 행태를 뉘우치고, 자신을 돼지처럼 여긴 적이 있을 것입니다. 반드시 그러한 일이 있었을 것이라고 나는 추측하고 있습니다.

독일인은 위대한 사상가가 국민에게 직접적인 영향을 끼치지는 못한다고 생각한다. 그것은 독일인이 가진 하나의 불행한 숙명이다.

나는 전체로서의 우리 사랑을 믿을 수 없으며, 인간성은 각박하고 쇠퇴해질 뿐이라고 생각합니다. 하지만 인류를 몰락에서 구원하는 것은 혁명이 아니라 사랑의 마술이라고 생각합니다.

새는
신을 향해 날아간다

새는 알에서 빠져나오려고 몸부림친다.

그 알은 세계다.

태어나기를 원하는 자는 한 세계를 파괴하지 않으면 안 된다.

새는 신을 향해 날아간다.

정신의 법칙은 자연의 법칙과 마찬가지로 변하지 않고, 폐기되지 않는다.

정신은 진리에 순종하는 경우에만 유익하고 고귀하다. 정신이 진리를 배신하면 잠재적인 악마의 근성이 된다. 이는 동물적이고 본능적이고 야만적인 것보다 훨씬 나쁘다. 야만적인 것에는 자연의 순수함이 아직 조금은 남아 있기 때문이다.

질서 있는 세계는 세속과 정신의 사이에 있는 조화를 전제로 한다. 그 조화는 언제 무너질지 모른다. 세계사는 이성적이고 아름다운 것을 추구하면서 이어져온 것이 아니라 간혹 그것들을 예외적으로 허용해왔다.

　정신은 생성되는 것이 아니라 존재하는 것을 사랑하며, 가능한 것이 아니라 현실의 것을 사랑한다.

　정신적인 것을 단순히 감각적인 것이 결여된 탓에 부득이하게 조작된 것이라고 생각한다면, 이는 감각적인 것을 너무 과대평가하고 있는 것이다. 감각적인 것은 정신적인 것보다 털끝만큼도 가치가 크지 않으며 그 반대도 마찬가지다.
　모든 것은 하나다. 모든 것은 똑같이 좋다. 네가 여자를 껴안든, 시를 쓰든 마찬가지다. 소중한 것만 있다면, 즉 사랑과 감동만 있다면 네가 안토스 산의 수도사이든 파리의 탕아이든 차이가 없다.

유럽의 정신은 묶여 있는 동물이다. 그것이 풀려난다고 해도 그 첫 활동은 그리 아름답지는 않을 것이다.

어떤 진리라도 그 반대는 또 진리다.
어떤 정신적인 입장도 하나의 극이며, 그것과 반대되는 극이 존재한다.

어떤 진리를 거꾸로 생각해보는 것은 마음속에 어떤 그림을 잠시 거꾸로 걸어보는 것처럼 유익한 일이다. 그렇게 하면 사고가 쉽게 이루어지고, 우리가 탄 조각배는 뜬세상을 가볍게 흘러간다.

진리는 그 정반대도 역시 진리다. 바꾸어 말하면 진리는 항상 한쪽 면만 사람들의 입에 오르고, 그것도 언어의 의상에 감싸일 수 있는 것이다.

진리를 사랑하는 방법을 배우고, 진리를 생명에 없어서는 안 되는 요소로 인식하려면 비상한 각오가 필요하다. 왜냐하면 인간은 진리에 대해 철저히 절대적이기 때문이다.

　　실제로 진리는 인간이 간절히 바라는 것이 아니며, 항상 무정하고 냉혹한 것이다.

　　만약 어떤 것이 진리라면 그 반대도 진리임에 틀림없다. 왜냐하면 모든 진리는 세계를 일정한 극에서 바라본 관찰에 의한 간결한 공식이기 때문이다.

　　내가 이 세상에서 가장 신뢰하며, 다른 어떤 관념보다 신성하게 여기는 것은 통일이라는 관념이다. 세계 전체는 신적인 통일이다. 말하자면 일체의 고뇌와 악의 근원은 저마다 자기를 전체에서 떼어놓을 수 없는 부분이라고 여기고, 자아를 너무 중요하게 다루는 데에 있다는 관념이다.

격언

너는 모든 것의 형제가 되고 자매가 되고
그것이 너의 마음 깊이 스며들어
자기와 남의 구별이 없어지도록 해야 한다.

하나의 별, 하나의 나뭇잎도 홀로 지게 해서는 안 된다.
별이나 잎과 함께 너도 소멸하지 않으면 안 된다.
그러면 너도 모든 것과 함께 모든 순간에 다시 태어날 것이다.

인간에게 단 한 가지의 목표가 있다면, 그것은 해탈하는 것이다.
탐욕, 꿈, 기쁨, 슬픔으로부터 벗어나는 것이다.
자기 자신을 죽이는 것, 나는 내가 아니라는 것, 텅 빈 마음으로
안식을 발견하는 것, 허탈한 마음의 사색 속에서 세상의 기적을
아는 것이 목표이다.
모든 집착과 충동으로부터 놓여날 때 비로소 내가 아닌 가장 본
질적인 것의 깊은 곳에 잠겨 있는 크나큰 비밀을 깨우칠 수 있다.

고대 인도인은 수난과 명상과 참회와 금욕의 민족이었지만, 그들의 정신이 마지막으로 발견한 것은 밝음이었다. 현세를 초월한 이들과 함께 부처의 미소는 아주 환했다.

　　'지혜'란 본래 무엇인가? 긴 탐구의 목표는 무엇이었던가? 지혜는 생활의 와중에서 항상 통일된 사상을 추구하고, 통일된 숨결을 호흡하는 영혼의 준비이다.

　　진실로 흥미롭고 가치 있는 것, 진실로 우리의 마음을 충실하게, 몰두하게, 도취하게 하는 것은 우리의 밖이 아니라 안에 있다는 것을 나는 느끼기 시작했다. 안 것이 아니라 느끼게 된 것이다.

　　나는 철학자의 책을 읽고, 자유로운 사색을 하고, 좋아하는 시인의 마음속으로 스며들기 시작했다. 이것이야말로 나의 길이다. 나 자신을 향하고, 나 자신에 이르는 길이다. 그 밖의 길은 어느 것도 내가 필요로 하는 길이 아니다. 나는 이 길, 즉 이러한 존재 방식과 생존 방식이 종교인이나 시인에게는 반드시 필요하다고 생각한다.

헤세의 생각

내면에 이르는 길

내면에 이르는 길을 발견한 자,
타는 듯한 자기 침잠 동안에
자기 마음이 신과 세계를
그저 형상과 비유로만 선택한다는
지혜의 핵심을 예감한 자,
그 사람에게 모든 행위와 사고는
자기 영혼과의 대화이며
세계와 신을 그 안에 함축한 것이다.

지상의 모든 현상은 하나의 비유이며, 비유는 각각 또 하나의 열린 문이다. 만약 준비가 되어 있다면 영혼은 이 문을 통해 너와 나, 낮과 밤이 모두가 하나인 세계의 내부로 들어갈 수 있다.

이 열린 문은 인간의 삶 여기저기에 나타난다. 인간은 언젠가 한 번은 눈에 보이는 모든 것은 비유이며, 그 비유 뒤에 정신과 영원한 생명이 살고 있다는 생각에 도달한다. 물론 이 문을 통해 나아가고, 내부의 진실 때문에 아름다운 외면을 버리는 사람은 아주 적다.

아름답고 작은 대나무밭을 세계 안에 끌어들이는 것은 분명히 가능한 일이다. 그러나 정원사가 세계를 자기의 대나무밭 속에 세울 수 있을지는 의문스럽다.

인간의 사고 능력에는 한계가 있다. 극히 사상적이며 교양 있는 인간도 항상 소박하고 안일한, 더구나 부정확한 공식의 안경을 쓰고 세계와 자기를 관찰하고 있다.

모든 상징은 수백 가지의 해석을 가지고 있으며, 그 어느 것도 정당하다.

오늘날에는 우리를 구속하는 도덕이라는 것들이 거의 다 소멸되었다. 그러나 인습에서 해방되는 것이 내면적인 자유를 얻는 것일 수는 없다.

헤세의 생각

논리나 정의처럼 겉보기에 규칙적이고 잘못된 점이 없는 것들은 전부 인간이 만든 것이지, 자연에서 나온 것은 아니다. 그래서 신의 예정이라는 것—쉽게 말해 우연이란 것이지만—이야말로 진짜 법칙이다.

학문이란 것은 서로 다른 점을 발견하기 위한 것에 불과하다. 이보다 더 정확하게 학문의 본질을 표현할 수는 없을 것이다.

학문에서 서로 다른 점을 확인하는 것보다 중요한 일은 없다. 학문은 식별하는 기술이다. 예컨대 어떤 한 사람을 다른 사람과 구별하게 해주는 특징을 발견하는 것, 그것이 곧 사람을 인식하는 방법이다.

모든 괴로움은 '시간'에서 오고 있는 것이 아닌가? 몸을 괴롭히는 것도, 두려움에 빠지게 하는 것도 시간이 아닌가? 만약 시간이라는 관념에서 벗어날 수 있다면, 이 세상의 모든 고난과 장애는 없어지고 극복될 수 있지 않을까?

우리를 에워싼 기계의 세계와 야만스럽고 가난하고 답답한 공기 속에서 우리는 질식해가고 있다. 그러나 우리는 전체에서 자기를 떼어놓지는 않는다. 우리는 그것을 세계의 운명이 우리에게 돌린 몫이라고, 우리의 사명이자 시련이라고 생각하여 받아들인다.

───

어제 나는 나이프를 잃었지만, 나의 철학과 삶에 대한 각오가 얼마나 허약한 기반 위에 서 있는지를 깨달았다. 그 작은 식물이 어울리지도 않게 나를 슬픔에 빠뜨렸고, 그처럼 감상에 젖는 스스로를 비웃으면서도 잃어버린 나이프를 잊지 못하고 있다.

───

내가 아주 사랑하는 덕목이 있다. 오직 하나, 그것은 '고집'이다.

───

우리 안에 있는 영혼이 원하는 것은 무엇이든 금지되어 있다고 생각하면 안 된다.

헤세의 생각

한 장의 그림

가을 찬바람이 시든 갈대밭을 스산히 불어간다.
갈댓잎은 밤사이에 회색이 되었다.
까마귀는 버드나무를 떠나 육지로 날아간다.

호수에서는 한 노인이 외로이 서서 쉬고 있다.
머리에 바람과 밤과 다가오는 눈을 느끼고
그늘진 호수에서 밝은 하늘을 바라본다.
거기 구름과 호수 사이에
한 줄기 물가의 육지가 햇볕 속에 따뜻이 빛나고 있다.
꿈과 시처럼 행복에 찬 금빛 호수가.

노인은 빛나는 이 풍경을 똑똑히 눈 속에 간직하고
고향을, 지난 행복한 세월을 생각한다.
그리고 황금빛 태양이 흐려지고 사라지는 것을 보자
머리를 돌려 버드나무에서 떠나
천천히 육지로 걸어간다.

나는 경건함이야말로 우리가 가질 수 있는 최선의 미덕이며, 어떤 재능보다 가치 있는 것으로 여기고 있습니다.

'은혜를 느낀다'라는 것은 내가 가장 신뢰할 수 없는 미덕이다. 특히 아이에게 그것을 요구하는 것은 큰 잘못이라고 생각된다.

선과 악을 새로 정의하는 것은 데미우르고스의 일이 아니다. 인간 및 인간이 생각해낸 것보다 작은 신들이 해야 할 일이다.

우리는 신에게 봉사하는 동시에 악마에게도 봉사하지 않으면 안 된다. 나는 그것이 올바르다고 생각한다.

그렇지 않으면 악마까지도 자기 안에 포함되는 신을 창조하지 않으면 안 된다. 그 신 앞에서는 이 세상에서 가장 자연스러운 일이 행해지더라도 눈을 감을 필요가 없다.

헤세의 생각

태고의 데미우르고스는 신인 동시에 악마이다. 그는 최초부터 존재한 신이다. 그만이 때때로 일어나는 대립의 건너편에 서 있으며, 낮과 밤, 선과 악의 구별을 모른다.

　그는 무이며, 또한 일체이다. 그는 우리 인간들에게는 인식되지 않는다. 왜냐하면 우리는 대비하고 대조할 수 있는 사물만 인식할 수 있기 때문이다.

　우리는 낮과 밤, 따뜻함과 차가움의 대립에 묶여 있으며, 신과 악마를 모두 필요로 하는 것이다.

　우리의 내부에서 활동하고 있는 신과 자연 안에서 활동하고 있는 신은 동일한 신이다. 만약 우리의 외부 세계가 멸망하면, 우리의 내부에 있는 누군가가 그것을 다시 일으켜 세울 수 있을 것이다. 왜냐하면 산과 강, 나무의 잎과 뿌리와 꽃 같은 온갖 자연물들은 우리 내부에 그 원형이 있고, 우리의 영혼에서 태어난 것이기 때문이다.

　영혼의 본질은 영원이다. 우리는 그 본질을 잘 모르지만, 사랑의 힘과 창조력으로 가끔씩 우리에게도 지각되고 있다.

구약이나 신약 성서에서 볼 수 있는 전능한 신의 모습은 참으로 훌륭하다. 하지만 그것이 신이 본래 나타내야 할 모습을 하고 있지 않다는 데에 문제가 있다.

신은 선한 것, 고귀한 것, 아버지이며 아름다운 것, 높은 것, 다정다감한 것……. 아주 좋다! 그러나 세계는 다른 것으로도 구성되어 있다. 그런데 그것을 모두 악마의 탓으로만 돌려버렸기 때문에 세계의 반은 은폐되고 묵살되어 있는 것이다.

신을 가리켜 어떤 사람은 빛이라고 하고, 어떤 사람은 어둠, 어떤 사람은 아버지, 어떤 사람은 어머니라고 부른다. 어떤 사람은 신을 평안함이라면서 찬양하고, 어떤 사람은 운동, 불, 차가움, 심판하는 자, 위안하는 자, 창조하는 자, 파괴하는 자, 용서하는 자, 복수하는 자라면서 찬양한다.

신은 스스로를 내세우지 않으면서 인간에 의해 명명되고, 사랑을 받고, 찬양을 받고, 저주를 받고, 증오를 받고, 기도를 받기를 원한다.

모든 세상 사람들로 이루어진 합창대의 음악 속에 신이 머무르는 신전이 있고, 신의 생명이 있다.

모든 인간은 하나의 육체를 가지고 있으나 영혼은 결코 그렇지
않다.

죽음과 절망의 맞은편에는 생명의 길이 있다.

모든 개인적인 것의 배후에는 비개인적인 것과 신적인 것이 있
다. 거기에서 생명이 생겨나고, 삶이 이루어진다.

신에 대한 사랑이 선에 대한 사랑과 반드시 일치하지는 않는다.
선이 어떤 것인지는 우리 모두 잘 알고 있으며, 계율에도 쓰여
있다.
하지만 신이 계율 속에만 있는 것은 아니며, 계율은 신의 극히
작은 한 부분에 지나지 않는다. 계율은 지키면서 신으로부터 멀리
떨어져 있는 사람도 있다.

신은 있다. 오직 하나뿐이다. 그 신은 당신의 마음속에 살고 있다. 당신은 거기에서 신을 구하고, 거기에서 그 신과 대화를 나누어야 한다.

모든 탄생은 전체에서 분리되고 한정되는 것이며, 신에게서 격리되는 것이다.

세계 속에 있는 신의 존재를 실증해주는 것은 갖가지의 기적들이다. 하루의 일과가 끝날 무렵에는 서늘해지고, 저녁 하늘이 빨갛게 물들고, 장밋빛에서 쪽빛으로 바뀌는 꿈과 같은 현상이 있다는 것!

대사원의 방이나 창과 같은 질서, 저녁 하늘처럼 여러 가지로 변하면서 미묘한 미소를 짓는 인간의 얼굴, 판자 조각으로 만들어진 바이올린과 그것이 만들어내는 소리, 음계와 언어, 이성적인 동시에 이성을 넘어선 아기 같은 것이 있다는 사실…….

그 모두가 신의 모습이다.

세계의 창조와 세계의 몰락은 대치하고 있는 군대처럼 끊임없이 서로 움직이고 있다. 그것은 결코 완성되는 일이 없는 영원한 과제이다. 세계는 계속 생성되고 계속 사멸한다. 모든 삶은 신이 내뿜은 숨결이며, 모든 죽음은 신이 들이쉰 숨결이다.

구원의 길은 오른쪽에도 왼쪽에도 통해 있지 않다. 그것은 자기 자신의 마음속으로 통해 있다. 거기에만 신이 있으며, 거기에만 평화가 있다.

진리는 존재한다. 그러나 네가 바라고 있는 것 같은 가르침, 그 자체가 절대적이며 완전한 것이라서 그것만으로 현자가 될 수 있는 가르침은 없다. 너는 완전한 가르침을 동경하지 말고, 너 자신을 완성하도록 해야 한다.

신은 너의 안에 있다. 책이나 개념 속에 있는 것이 아니다. 진리는 체험해야 하는 것이며, 강의를 들어 얻을 수 있는 것이 아니다.

모두 같다

청춘 시절을 오직
쾌락을 좇으며 산 나는
그 뒤로는 어두운 기분으로
번뇌와 고통에 몸을 던졌다.

지금은 고뇌와 쾌락이 나에게
사이좋게 연결되어 있다.
기쁨이든 슬픔이든
그것은 하나로 얽혀 있다.

신이 지옥의 아비규환 속으로 인도하든
태양이 빛나는 하늘로 인도하든
신의 손길을 느끼는 한
나에게는 두 가지가 모두 같다.

아무리 괴롭고 어리석고 나쁜 일이라고 해도 그것 역시 신으로부터 생겨난 것이다.

슬픔이나 기쁨, 선이나 악의 가장 깊은 근원까지 추구해 갈 수 있다면, 그것들은 정반대로 바뀔 수 있다.

내가 허영심과 어린아이 같은 기분에 들떠 일찍이 나 자신의 사명으로 여겼던 것은 이미 존재하지 않았다.

나는 이미 오래전부터 구원에 이르는 길을 서정시나 철학 같은 데에서 찾지 않았다. 나는 그것을 나 자신의 마음속에서 찾았다.

그것은 생명이며 신이었다.

운명을 외부로부터 맞이하는 사람은 마치 짐승이 화살을 맞고 쓰러지듯이 운명애 굴복하고 만다. 반면에 운명이 그 자신의 본질에서 우러나오는 사람은 운명에 대해 강해진다. 운명이 자라투스트라를 만들었듯이 우리도 운명에 의해 자신을 단련하지 않으면 안 된다.

새는 알에서 빠져나오려고 몸부림친다. 그 알은 세계다. 태어나기를 원하는 자는 한 세계를 파괴하지 않으면 안 된다. 새는 신을 향해 날아간다.

운명은 친절하지 않으며, 인생은 변덕스럽고 냉혹하다. 자연에는 친절도 이성도 존재하지 않는다. 그러나 우연 속에서 노닐고 있는 우리 인간 속에는 친절과 이성이 존재한다.

뛰어난 지혜나 구원의 가능성이라는 것은 가르치거나 이야깃거리로 삼기 위해 있는 것이 아니다. 그것은 목까지 물에 잠겨 있는 사람들을 위해 있다.

운명은 어딘가 다른 데에서 찾아오는 것이 아니라 자기 자신의 마음속에서 성장한다.

헤세의 생각

신은 우리를 죽이기 위해 절망을 보낸 것이 아니다. 신이 그렇게 한 것은 우리들 안에 새로운 생명을 불러일으키기 위해서였다.

신은 우리들 안에 머물러 있습니다.
그리고 지상의 어떤 장소도 모두 우리의 고향이며, 모든 인간은 우리와 피가 연결된 형제입니다.

운명을 인식한 자는 결코 운명을 거부하지 않는다.

진리는 살아 있으며, 우리를 길들이지 않는다.

모든 어머니는 마리아와 같은 마음으로 자녀를 키워야 한다.

어린 시절부터

지난날 어린 시절부터
나에게 행복을 약속한
하나의 음향이 나에게로 다가온다.
만일 이것이 없으면 살기가 너무나 괴로울 것이다.
이 마력의 음향이 울리지 않는다면
나는 빛이 없이 서서
주위의 불안과 암흑만을 볼 것이다.
그러나 슬픔과 죄에 다치지 않는 소리가
행복에 찬 달콤한 음향이 울린다.
슬픔과 죄악에도 파멸되지 않는 그 음향이.
너 자랑스러운 목소리여,
내 집의 불빛이여,
다시는 꺼지지 말고
그 푸른 눈을 감지 말라.
그렇지 않으면 세계는
부드러운 빛을 모두 잃고
크고 작은 별들이 차례로 떨어져
나만 홀로 남게 될 것이다.

헤세의 생각

신앙은 어떤 형태와 표현을 취하든지 그 내용은 항상 똑같다.

우리는 가능한 한 선을 향해 노력하지 않으면 안 된다는 것, 하지만 세계나 자기 자신의 불완전함에 대해서는 책임이 없다는 것, 우리가 스스로를 지배하고 있는 것이 아니라 지배되고 있다는 것이다.

그리고 우리의 인식을 넘어선 곳에 신이라든가 혹은 '그 무엇'이 있고, 우리는 그것에 봉사하는 자로서 자기를 맡기기만 하면 된다는 것이다.

인간의 성장 단계는 청정무구함에서 시작된다. 유년 시절이나 낙원처럼 책임이 없는 단계에서 선과 악에 대한 지식, 문화, 도덕, 종교, 인류의 이상 같은 것을 생각하는 다음 단계로 건너간다.

사람의 일생은 청춘과 노년 사이에 분명한 경계선을 그을 수 있다고 나는 생각한다. 청춘은 이기주의로 끝나고, 노년은 남을 위한 생활로 시작한다.

인간은 절망을 통해 은총과 구원, 새롭고 높은 곳, 책임이 없는 상태, 즉 신앙으로 인도된다.

신앙과 회의는 상응하고 서로 보좌한다. 회의가 없는 곳에 진정한 신앙은 없다.

신념이 없는 형식은 없고, 절망과 혼란을 전제로 하지 않은 신념은 없다.

기도는 음악처럼 신성하며, 언제나 우리에게 구원이 된다. 기도는 신뢰이고 확인이다.

진정한 마음으로 기도하는 사람은 무언가를 원하지 않는다. 단지 자신이 처해 있는 상황과 고뇌를 말할 뿐이다. 마치 어린아이가 노래하듯이 고뇌와 감사의 말을 중얼거린다.

헤세의 생각

신앙의 길은 사람마다 달라도 좋다. 내게 있어 그 길은 숱한 과오와 번뇌, 자기 학대, 어리석음의 원시림이었으며, 나는 그 길을 힘겹게 넘어왔다.

나는 사상 면에서 자유롭기를 원했으므로 신앙심을 영혼의 병이라고 여겼다. 나는 고행자였으므로 얼음물에 몸을 집어넣었다. 나는 신앙심이 건강함과 쾌활함을 의미한다는 것을 몰랐다.

신앙심은 신뢰 이외의 아무것도 아니다. 신뢰를 가지고 있는 것은 단순하고 건강하고 사심 없는 어린아이나 미개인과 같다.

그의 양심이 때때로 차분히 가라앉지 않고 무거운 짐처럼 느껴지는 것은 그가 저지른 간통이나 쾌락 때문은 아니었다. 그것은 무엇인가 별개의 것으로서 뚜렷이 이름을 댈 수 없는 것이었다. 그것은 그가 범한 죄가 아니라 태어날 때부터 가지고 있던 죄의 감정이었다. 신학에서 원죄라고 일컫는 것과 비슷할까? 그럴지도 몰랐다. 실제로 살아 있는 그 자체가 죄라고 할 만한 것을 가지고 있었다.

기도

신이여, 나를 절망하게 하소서.

당신에게가 아니라 나에게.

방황의 슬픔을 남김없이 맛보게 하소서.

모든 고뇌의 불꽃을 핥게 하시고

모든 굴욕을 내가 받게 하소서.

내가 나아갈 때 돕지 마소서.

하지만 내가 부서지거든

그때는 내게 제시해주소서.

그 모두가 당신의 모습이었다는 것을.

불꽃과 괴로움을 낳은 자는 당신이었음을.

왜냐하면 나는 기꺼이 멸망하고 싶은 것입니다.

기꺼이 죽고 싶은 것입니다.

당신의 품 안에서 죽을 수만 있다면.

헤세의 생각

기도하는 마음은 밀실에서 신과 만나는 신비로운 형식이 아니다. 그 마음 안에는 절실하고 실천적인 의식이 포함되어 있다.

우리가 믿지 않으면 안 되는 신은 우리 내부에 있다. 자기 자신을 향해 '아니오'라고 말할 수 있는 사람은 신을 향해 '예'라고 대답할 수 있다.

경건함이라는 것은 목숨을 바쳐도 후회하지 않을 만큼의 신앙심 깊은 봉사와 성실이다. 그것을 가지는 것은 어떤 종파, 어떤 단계에서도 가능하다.

어떤 종교를 믿는가 하는 것은 중요하지 않다. 그것이 무엇이든지 간에 하나의 신앙을 가지는 것이 중요하다.

"너는 차츰 신앙심 없이는 살 수 없다는 것을 스스로 알게 될 거야. 지식이란 것은 사실 아무런 소용도 없으니까. 매일같이 자기는 뭐든지 다 알고 있다고 생각하는 사람이 무언가를 확실히 안다고 말해도 아무도 들어주지 않아. 결국 인간에게는 신뢰가 필요한 거야. 그러기 위해서는 교수나 비스마르크, 그 밖의 누구에게 가기보다 구세주에게 가는 편이 언제나 좋은 거야."

"어째서요?" 하고 내가 물었다. "구세주도 그렇게 확실한 것은 모르고 있지 않습니까?"

"아니야. 충분히 알고 있어. 그야 오랜 세월이 지날 동안 신앙심 없이도 아무런 불안감 없이 죽은 사람도 있어. 소크라테스처럼 말이야. 하지만 그런 사람은 흔하지 않고 소수에 불과해. 게다가 그들이 불안감 없이 죽어갈 수 있었던 것은 그들이 현명해서가 아니라 그들의 기분과 양심이 깨끗했기 때문이야. 하여간 그들은 나름대로 자기들의 삶에 자신 있었겠지. 그러나 우리들 중의 누가 그 사람들과 같을 수 있겠어? 이 소수의 사람들에 비해 수천, 수만 명의 가련하고 평범한 사람들이 있었어. 그 사람들은 가련하고 평범한 사람들이면서도 구세주를 믿고 있었기 때문에 기꺼이 안심하고 죽을 수 있었던 거야. 네 할아버지도 돌아가실 때까지 열네 달 동안이나 비참한 고통을 겪었지만, 구세주로부터 위로를 받고 있었기 때문에 아무런 불평 없이 고통과 죽음을 즐겁게 견디셨지."

헤세의 생각

마지막으로 어머니는 말씀하셨다.

"이런 말을 해도 네가 쉽게 납득하지 못할 것을 알고 있어. 신앙심은 사랑과 마찬가지로 사려분별에 의해 생겨나고 유지되는 것은 아니니까. 하지만 너는 언젠간 사려분별만으로는 어쩔 수 없다는 것을 알게 될 거야. 그때가 되면 너는 위로처럼 보이는 모든 것에 손을 뻗치게 되겠지. 그리고 내가 오늘 말한 것을 떠올릴 거야."

인간은 아무리 커다란 더러움 속에서도 소멸되는 일이 없으며, 아무리 엄청난 타락 속에서도 구출될 수 있는 놀라운 가능성을 가지고 있습니다. 이 가능성은 참으로 강력하고 매력 있는 것이기 때문에 우리는 끊임없이 그것을 희망하고 요청하고 느낍니다.

예수의 가르침, 노자의 가르침, 베다 경전의 가르침, 괴테의 가르침은 그 안에 영원한 인간상을 내포한다는 점에서 모두 똑같다. 가르침은 하나일 뿐이다.

종교도 하나일 뿐이고, 행복도 오직 하나일 뿐이다. 많은 형식과 많은 예언자가 있어도 결국은 하나의 부르짖음이고 하나의 소리가 있을 뿐이다.

숙고

정신은 신적이고 영원한 것.

우리는 그의 형상이자 도구, 그를 향해

우리의 길은 나아가니, 우리의 가장 내면적인 동경은

그와 같이 되는 것, 그의 빛 속에서 빛나는 것.

그러나 이 땅에서 죽을 수밖에 없는 존재로 우리는 창조되었고,

피조물인 우리에게는 우울하게도 무거운 짐이 누르고 있다.

하지만 인자하게 어머니처럼 자연은 우리를 따뜻하게 보호하니,

땅은 우리에게 젖을 먹이고, 요람과 묘 자리를 펴준다.

그래도 자연은 우리를 평화롭게 하지 못한다,

죽지 않는 정신의 불꽃이 아버지처럼

그 어머니의 마술을 뚫고 들어와

무구함을 없애버리고 우리가 투쟁하고 양심을 갖도록 일깨운다.

어머니와 아버지 사이에서 그렇게,

몸과 정신 사이에서 그렇게,

피조물 중 가장 깨어지기 쉬운 아이,

떨리는 영혼인 인간은 주저한다,

다른 존재와는 달리 고통의 능력과 최고의 능력,

믿음과 소망의 사랑을 가진 채.

그의 길은 어렵고, 죄와 죽음이 그의 음식이며,
그는 자주 어두운 곳으로 길을 잃고, 그는 자주
결코 창조되지 않았더라면 더 좋았으리.
그러나 영원히 그의 위에는 그의 동경,
그의 운명, 빛, 정신이 빛난다.
그리고 우리는 느낀다, 그를, 위험에 빠진 사람을
영원한 자가 특별한 사랑으로 사랑한다는 것을.
그렇기 때문에 우리 방황하는 형제들에게
아직 불화 속에서도 사랑이 가능하니,
심판과 증오가 아니라
참으면서 사랑하는 것이,
사랑하면서 참는 것이
우리를 성스러운 목표에 더욱 가까이 인도한다.

모든 종교는 같은 것이라고 생각한다. 그것을 믿고 현자가 되지 않을 사람은 없으며, 바보스러운 우상 숭배에 빠지지 않을 사람도 없다.

종교 안에는, 특히 신화 안에는 실제적인 지식이 거의 모두 수집되어 있다. 경건한 마음을 가지지 않고 읽으면 어떤 신화도 엉터리 같은 이야기들로 가득 차 있다. 그러나 모든 신화는 세계의 심장에 열린 열매이며, 그 안에 우상 숭배를 신에 대한 봉사로 바꾸는 길을 가지고 있다.

모든 종교는 아름답다. 종교는 혼이다. 그리스도교의 성찬을 받든, 메카에 순례하든 어느 쪽이나 마찬가지다.

고독한 종교, 그것은 아직 진짜 종교가 아니다. 종교에는 공통적인 것이 있어야 한다. 종교는 예배와 도취, 축제와 비범함을 가져야만 한다.

헤세의 생각

신의 목소리를 들을 수 있는 것은 시나이 산이 아니다. 성서에서도 들리지 않는다. 사랑, 아름다움, 성스러움의 본질이 그리스도교 안에 있는 것은 아니다. 고대인의 안에, 괴테에게, 톨스토이에게 있는 것도 아니다. 그것은 오직 너의 안에, 너 자신 안에, 우리들 각자의 안에 있다. 이것이야말로 예로부터 내려오는 오직 하나, 항상 변함없는 가르침이자 우리의 유일하고 영원한 진리이다. 그것은 우리들 마음속에 포용되는 천국의 가르침이다.

신이 제게 커다란 일을 행하셨습니다. 지금 저는 아주 기뻐하고 있습니다. 어머니의 편지를 읽고 난 뒤, 제 안에서는 봄이 솟아올랐습니다. 저는 아주 걱정에 찬 채 집으로 돌아왔습니다. 그런데 이제 모든 것이 빛으로 가득 차 있습니다. 저의 마음은 오늘 저녁 동요하고 있어서 아무런 말도 할 수 없습니다.

우리 모두가 크고 영원한 치유를 얻을 때까지, 신이여, 영원토록 도와주소서.

사랑하는 어머니, 안녕히 계세요. 오늘처럼 어머니께 완전히 속해 있었던 적은 없습니다. 이제는 다시 어린아이가 된 것처럼 사랑스러운 햇빛이 집 안으로 들어오고 있습니다.

나의 어머님께

이야기할 것이 너무나 많았습니다.
너무나 오랫동안 나는 멀리 객지에 있었습니다.
그러나 가장 나를 이해해준 분은
어느 때나 당신이었습니다.

오래전부터 당신에게 드리려는
나의 최초의 선물을
수줍은 어린아이 손에 쥔 지금
당신은 눈을 감고 말았습니다.

그러나 이것을 읽고 있으면
이상하게도 나의 슬픔을 잊는 듯합니다.
말할 수 없이 너그러운 당신이 천 가닥의 실로
나를 둘러싸고 있기 때문입니다.

헤세의 생각

이 세상에는 하나의 종교, 하나의 교의, 하나의 종파가 수천 년을 이어져왔다. 그리고 선과 악, 올바른 것과 그릇된 것에 대한 단한 가지의 가르침을 점점 섬세하고 엄숙하게 만들어왔고, 정의와복종을 더욱 강하게 요구하였다.

그 결과로 신 앞에서는 아흔아홉 명의 올바른 자도 회개하는 한명의 죄인에 미치지 못한다는 마법 같은 인식이 생겼는데, 그것만큼 나의 마음을 뒤흔드는 것도 없다.

후회에 의해 은총을 보상할 수는 없다. 은총이라는 것은 어떻게해도 보상할 수 없는 것이다.

내가 어느 교회에도 속하려고 하지 않는 이유는 거기에 정신의높이와 자유가 결여되어 있기 때문입니다. 또한 개개인이 스스로를 최선의 것이고 유일한 것이라고 생각하며, 자기가 나가는 교회에 소속하지 않는 자를 방황하는 자라고 생각하기 때문입니다.

우리 시대의 무서운 혼란에 대해 괴로워하고 있는 것은 당신들 젊은 사람들뿐만 아니라 우리 노인들도 마찬가지입니다.

인간의 생활이 불명예스럽고 의심스럽다는 것은 우리 노인들도 어렵지 않게 단언할 수 있습니다.

그러나 우리들은 이 절망을 확실한 의식으로 만들려고 시도합니다. 보기에는 무의미하고 잔혹한 인생에 그래도 의미를 주기 위해 무언가 시대를 초월한 것, 개인을 초월한 것과 관계를 지으려고 노력합니다.

부득이하다면 죽이는 쪽보다는 죽음을 당하는 쪽을 선택하겠다는 점에서 나는 그리스도교인입니다.

나는 종교 없이 살아온 적이 없으며, 단 하루도 그것 없이는 살수 없다. 그러나 나는 한평생 교회라는 것과는 관계를 맺지 않고 살아왔다.

구세주

매번 다시 그는 인간으로 태어나,

경건한 귀에다 말하고, 귀먹은 귀에다 말하며,

우리에게 가까이 다가왔다가는 새로이 우리에게서 잊힌다.

매번 다시 그는 외로이 일어나야만 하고,

모든 형제의 고통과 동경을 짊어져야만 하며,

항상 그는 새로이 십자가에 못 박힌다.

매번 다시 하느님은 예고하려 하고,

천국의 것은 죄인들의 계곡 속으로,

정신은, 영원한 것은 육체 속으로 스며들고자 한다.

매번 다시, 오늘날에도,

구세주는 축복을 주려고 오고 있다,

우리의 걱정과, 눈물과, 질문과, 한탄을

조용한 시선으로 맞이하고자.

하지만 그 시선 우리는 감히 대하지 못하니,

오직 어린이의 눈만이 그 시선 감당하기 때문이라.

신조와 정치를 분리한 독립 교회는 나에게는 언제나, 특히 전쟁 중에는 민족주의를 풍자하고 있는 것처럼 여겨졌다.

그리고 프로테스탄트의 여러 종파들이 신조를 뛰어넘어 통일할 힘이 없는 것은 가련한 독일인의 통일에 대한 무력감을 상징하는 것처럼 생각되었다.

―――◦◦――

하루는 어떤 부인이 말했다.

"저는 무슨 일에도 두려움을 느낍니다. 그러니 죽음에 대한 공포를 의식하지 않을 수 없겠지요?"

다행스럽게도 죽음이 우리에게 닥쳐올 때는 그 동기를 생각할 여유를 주지 않는다. 죽음은 순간적으로 사슬이 끊어지듯이 온다. 그러므로 극도의 두려움이나 고통 같은 것이 있을 리 없다.

―――◦◦――

경탄할 수밖에 없는 로마 가톨릭 교회도 멀리 떨어져서 보았으므로 존경할 만한 가치가 있을 뿐, 가까이 가보면 피와 권력과 정치의 비속한 냄새를 맡게 된다.

가령 나의 시대와 나 자신에게 절망할 수밖에 없다고 하더라도, 나는 인생의 의미와 가능성에 대한 외경심을 버리지 않을 것이다. 나는 그것을 굳게 지킨다.

그렇게 함으로써 세계나 내가 조금이라도 더 좋아질 수 있지 않을까 하는 희망 때문은 아니다. 무엇인가에 대한 외경심이 없이는, 곧 신에게 귀의하려는 생각이 없이는 살 수 없기 때문에 그렇게 하는 것이다.

예전에 나는 로마 가톨릭 교회를 어느 정도 존경과 선망을 담은 눈길로 바라보았다. 그리고 지금도 이 서양 최대의 문화의 전당을 존경하는 마음에는 변화가 없다. 그 존경심은 한 프로테스탄트로서 확고한 형식, 전통, 정신의 구현을 동경하는 마음에서 생겨난 것이다.

인류가 만든 신조 가운데 내가 가장 존경하는 것은 고대 중국인의 신조와 로마 가톨릭 교회의 신조이다.

여러 가지 성자가 있다

우리들, 성모의 아래에 서 있는 우리들은
구세주 앞에
경건히 무릎 꿇고 기도하는 외에는
아무 일도 할 수 없습니다.

우리들의 근로는 가볍고 쉬운 것.
푸른 나라에서 조용히
아름다운 성모의 숨결을 호흡합니다.
그리고 행복한 자라 불립니다.

그러므로 당신 또한 행복하겠지요.
어두운 동경으로 가득 찬 그리스도인이여.
만약 더없이 아름다운 다른 누구에게 몸을 바쳐
사랑하지 않는다면.

헤세의 생각

만약 인류가 단 한 명의 사람뿐이라면, 그는 '순수한' 그리스도 교에 의해 구원을 받을 것입니다.

그러나 실제로는 그렇지 않습니다. '순수한' 종교는 몇 안 되는 상류층의 것이어서 민중은 신화와 마술을 필요로 하고 있는 실정입니다.

인류의 탁한 역사 안에서 차례차례 순수한 사람들 즉 구세주들이 나타나지만, 그들은 십자가에 못 박히고 신으로 떠받들어진 뒤에나 비로소 많은 사람들의 존경을 받습니다.

서양의 역사에서 내가 최고의 가치가 있다고 생각하는 것은 그리스도 교회이며, 또 그것에 봉사하기 위해 만들어진 많은 교단입니다.

모험가가 간혹 행운에 힘입어 새로운 왕국을 건설하거나 다른 나라를 정복하여 수백 년을 유지하는 예가 있습니다. 왕이나 황제가 보다 나은 정치를 하고 문화를 융성하게 하려고 노력하는 예도 있습니다. 하지만 나는 이러한 일들에는 흥미가 없습니다.

그보다는 교단 같은 조직을 만들려는 노력이 되풀이되고, 그중의 몇몇은 수천 년을 보존되어온 것이 더욱 흥미롭습니다.

나는 성모 마리아에 대해 나만의 특별한 존경심과 신화를 가지고 있다. 성모는 나의 마음속 신전에서 비너스, 크리슈나와 함께 안치되어 있다.

내게 있어 성모는 모든 종교의 가장 성스러운 모습이다.

성서 속의 '너의 이웃을 네 몸처럼 사랑하라'라는 가르침은 이제까지 말해진 것들 중 가장 현명한 말이며, 모든 처세술이나 행복론의 간결한 축약이다. 모든 행복의 비밀은 이 말 속에 있다.

그리스도교의 장점은 주로 다른 신들이나 우상을 인정하지 않는다는 점에 있다는 것을 나는 아이 적에 들었다.

그러나 내가 나이 먹어 세상 물정을 더 많이 알게 될수록, 저 훌륭한 가톨릭이 마리아를 제외하고는 전연 다른 신들이나 우상을 인정하지 않는다는 점이야말로 그리스도교의 결점이라고 생각되는 것은 어째서일까?

이 종교는 많은 위로를 주며, 삶을 충만하게 해주는 힘과 신비와 계시가 풍부합니다.

나는 이제 비로소 종교가 무엇인지를 알게 되었으며, 이제부터 나는 모든 '신앙'에 대해 믿을 수 없으리만큼 관대해졌습니다. 나 자신이 이제 보다 높은 삶의 단계에 서 있다는 것을 결정적으로 믿기 때문입니다.

이웃을 자기 몸처럼 사랑할 수 없는 인간은 이기주의자, 착취자, 자본가이며, 돈이나 권력을 모을 수는 있어도 영혼의 가장 미묘하고 감미로운 희열은 맛보지 못한다.

내가 최근 다시 나의 철학적 기초를 약간 교정하고 확고하게 다진 후로 나는 모든 종류의 종교 서적도 더욱 수월하게 받아들이고 있습니다. 이제 나에게는 예수의 가르침이 큰 위로를 주는 것으로서 그리고 또한 실제적인 윤리로서 필수적이며 사랑스러운 것이 되었습니다.

예수와 가난한 사람들

당신은 죽었습니다. 사랑하는 형제 그리스도여,
그러나 그들은 어디에 있나요? 그들을 위해 당신이 죽었는데요.
당신은 모든 죄인들의 어려움을 위해 죽었습니다.
당신의 몸은 성스러운 빵이 되었고,
그것을 일요일마다 성직자들과 의로운 사람들이 먹습니다.
그들의 문 밖에서는 우리들 굶주린 사람들이 싸우고 있지요.
우리는 당신의 용서의 빵을 먹지 않습니다,
기름진 성직자가 배부른 사람들에게 떼어주는 그 빵을.
그러면 그들은 가서 돈을 벌고, 전쟁을 하고, 살인을 합니다.
아무도 당신을 통해 행복하게 되지 않았습니다.
우리들 가난한 사람들, 우리들은 당신의 길 위에서
비참함과, 치욕과, 십자가를 향해 나아갑니다.
다른 사람들은 성만찬을 마치고 집으로 가서는
고기와 과자에 성직자를 초대합니다.
형제 그리스도여, 당신은 헛되이 고통을 당했습니다.
배부른 사람들에게 그들이 당신에게 요구하는 것을 주세요!
우리 배고픈 사람은 당신한테 아무것도 원하지 않아요, 그리스도여.
우리는 그저 당신을 사랑합니다.
왜냐하면 당신은 우리와 같은 사람이니까요.

'살인하지 말라'라는 말은 그것이 제시된 시대에는 어처구니없는 요구였다. 마치 '호흡하지 말라'라는 말과 거의 같은 뜻이었다. 어떻게 보면 전혀 불가능한 일이며, 미치광이의 소리이며, 파멸적인 것이었다.

그러나 이 말은 수백 년 동안 소멸되는 일 없이 오늘날에도 여전히 통용되고 있다. 이 말은 법률과 세계관과 윤리학을 만들어 성과를 올렸으며, 인간의 생활을 바닥부터 흔들고 파헤쳤다. 아직까지 이만큼의 성과를 낸 말은 거의 없다.

저는 오후 내내 집에서 보낸 여러 번의 성탄절 저녁을 생각했습니다. 저는 성탄절 노래 몇 개를 바이올린으로 연주했습니다. 그리고 부모님께 다시 한 번 인사를 드리기 위해, 그리고 제가 이 축제를 마음속에서 축하하고 오늘은 특히 부모님과 가까이 있다는 것을 말씀드리기 위해 아주 조용한 저녁 시간을 갖고 있습니다.

또한 저는 부모님이 저를 위해 해주신 것들을 생각해야만 합니다. 그 모든 불쾌했던 일들을 용서해주세요! 오늘은 향수와 고독에도 불구하고 제가 점차 전진했으며, 지난 몇 년 동안 내적으로 더 조용하고 더 건강해졌다는 것을 기뻐하고 있습니다.

제가 성서를 어떻게 대하고 있는지, 제가 괴테의 책보다 더 성서를 많이 읽고 사랑한다는 것을 부모님은 아십니다.

예배가 저를 사로잡지 못하고, 수천 명의 교인들과 함께하기보다 차라리 제 방에서 그리고 마음속에서 신앙을 다지는 것이 부모님의 마음을 아프게 해드릴지도 모릅니다. 그런데 이 성서 안에서도 저의 감정은 근본적으로 달라질 수 있습니다.

제 눈이 성서 속의 계시보다 시인의 계시를 읽는 데에 더 적합한 것 같다는 생각이 듭니다. 그러나 이제는 제게 아무런 계시가 오지 않더라도 알고 있습니다. 기독교 신앙이 형식도 비유도 아니며, 강하고 살아 있는 힘이라는 것을. 어떤 다른 힘도 그처럼 성스러운 단체와 사랑을 만들어내고 유지할 수 없다는 것을 알고 있습니다.

인간의 모든 신화와 마찬가지로 성서의 신화는 우리와 우리들 시대를 위해 해석되지 않는 한, 우리에게는 아무런 가치도 의미도 없습니다.

오늘날의 교양인은 예수의 가르침을 한 해 내내 한 번도 생각하지 않는 것이 예사고, 거기에 따라 생활하는 것도 아니다. 오직 크리스마스 저녁에 왠지 술렁대었던 소년 시절의 회상에 젖고, 센티멘털한 감정에 빠질 뿐이다. 그것은 마치 1년에 한두 번 〈마태 수난곡〉을 듣고 오랫동안 잊고 있었던, 어딘가 불쾌하면서도 박력 있는 세계에 머리를 숙이는 것과 닮아 있다.

때때로 우리는 타인과 함께 고민을 나누고 그로부터 해답을 찾으려고 한다. 그러나 올바른 대답을 들려줄 수 있는 것은 자기 자신뿐이다. 그림의 전체를 아는 것은 오직 나뿐이며, 남이 들려준 이야기는 그림의 한 모퉁이일 뿐이기에.

인간에게 보다 높은 가능성을 꿈꾸게 하고, 동물로부터 멀어지게 하는 힘이 있다. 그것이 오늘은 종교, 내일은 이성, 모레는 또 무언가 다른 이름으로 불릴지라도 그 본질에서는 차이가 없다.

행복해진다는 것

인생에 주어진 의무는

다른 아무것도 없다네.

그저 행복하리라는 한 가지 의무뿐.

우리는 행복하기 위해 세상에 왔지.

그런데도

그 온갖 도덕

온갖 계명을 갖고서도

사람들은 그다지 행복하지 못하다네.

그것은 사람들 스스로 행복을 만들지 않는 까닭.

인간은 선을 행하는 한

누구나 행복에 이르지.

스스로 행복하고

마음속에 조화를 찾는 한

그러니까 사랑을 하는 한.

사랑은 유일한 가르침

세상이 우리에게 물려준 단 하나의 교훈이지.

예수도

부처도

공자도 그렇게 가르쳤다네.
모든 인간에게 세상에서 한 가지 중요한 것은
그의 가장 깊은 곳
그의 영혼
그의 사랑하는 능력이라네.
보리죽을 떠먹든 맛있는 빵을 먹든
누더기를 걸치든 보석을 휘감든
사랑하는 능력이 살아 있는 한
세상은 순수한 영혼의 화음을 울렸고
언제나 좋은 세상
옳은 세상이었다네.

솔직히 말해 당신네 젊은이들은 너무나 안이하게 사물을 취급하고 있다고 생각합니다. 당신들은 무슨 일이든지 서슴없이 해치웁니다.

종교관이나 세계관을 대량으로 신속하게 낭비해버립니다. 부처나 니체도 너무 쉽게 생각하면서 읽다가 막히는 곳이 있으면 서슴없이 그만둡니다. 나는 이러한 방식에는 아무런 가치도 없다고 말할 수밖에 없습니다.

모든 민족의 지혜는 동일하며, 두 가지 혹은 그 이상 있는 것은 아니다. 내가 모든 종교나 사회에 항의할 일이 있다면, 그것은 오직 하나, 그들의 비관용적인 경향이다. 그리스도교 신자든 모하메드교 신자든 자기들의 신앙이 올바르고 신성한 것이라고 믿는다. 하지만 진리를 밝히려는 다른 많은 종교들에 대해 서로가 신앙의 형제라는 것을 여간해서는 인정하려고 하지 않는다.

정치가가 성서의 말을 인용하여 좋은 일이 있었던 예는 없었다.

낙원은 거기서 추방되어야 비로소 낙원임을 알 수 있다.

5

마음을 주어야
아름다움을 얻는다

나는 방금 책꽂이에서 한 권의 책을 꺼내 읽었다.
그리고 다시 꽂아두었다.
그러나 나는 이미 조금 전의 내가 아니다.

꽃잎 하나 혹은 길바닥을 기어가는 벌레 한 마리가 도서관의 모든 책보다 훨씬 많은 의미를 지니고 있다.

땅을 가는 자들의 생활은 근면과 노고로 차 있지만, 거기에는 초조로움이 없고 애당초부터 괴로움이 없다.

왜냐하면 이 생활의 근거는 경건함이며, 땅이나 물, 공기 속에 스며들어 있는 신성함에 대한, 말하자면 사계절에 대한, 그리고 식물이나 동물의 힘에 대한 신뢰이기 때문이다.

봄날

숲에는 바람, 참새들의 노래
평온한 푸른 하늘 높이높이
조용하지만 깨끗한 구름의 배.
나는 블론드의 여인을 꿈꾼다.
나의 젊은 시절을 꿈꾼다.
끝없이 푸르고 높은 하늘은
그리운 요람.
그 안에 나는 평화롭게
따뜻하고 행복하게 누워 있다.
어머니의 품에 안긴
아가처럼.

꽃은 허망하면서도 아름답고, 황금은 요란하면서도 따분하다. 마찬가지로 자연 속에 있는 모든 생명의 운동은 허망하면서도 아름답고, 정신은 분주하면서도 따분한 것이다.

많은 사람들이 입으로는 '자연을 사랑한다'라고 말한다. 그것은 어쩌다가 자연이 제공하는 즐거움을 맛보게 될 경우에 사양하지는 않겠다는 정도의 의미이다. 그들은 집 밖으로 나가서는 지상의 아름다운 것들을 칭송하면서 목장의 풀을 밟아 망가뜨린다. 그리고 많은 꽃과 나뭇가지를 꺾어 곧 그것을 버리거나 집으로 가져가서 시들어 죽게 한다. 이런 식으로 그들은 자연을 사랑하는 것이다.

여름의 소리! 이 소리를 들을 때마다 나는 즐거운 기분이 드는가 하면, 가끔은 슬퍼지기도 한다. 나는 이 소리를 무척이나 좋아한다. 이 소리란 다름 아닌 매미 울음소리를 두고 하는 말이다. 자정에 이르도록 끊임없이 계속되는 매미 울음소리를 듣고 있노라면, 나는 마치 바다를 바라볼 때처럼 완전히 나를 잊어버리게 된다.

가을날

숲 가장자리가 금빛으로 불탄다.
나는 홀로 길을 간다.
사랑하는 사람과 둘이서
몇 번이나 걸은 적이 있는 이 길을.
이렇게 좋은 날에는
오랫동안 간직했던
기쁨도 슬픔도
먼 안개 속으로 잠겨버린다.
농촌 아이들이
들불의 연기 속에서 뛰논다.
아이들과 어울려
나도 또한 노래를 시작한다.

헤세의 생각

자기의 생애든 남의 생애든 항상 회고한다는 것은 가을이 적당하다. 역사란 가을의 것이며, 추억도 가을의 것이다.

　우리의 영혼에 여명만큼 자극을 주고 수확을 가져다주는 것은 없다.

　산이 하늘로 치솟거나, 골짜기가 바람 한 점 없이 조용하거나, 자작나무의 노랗게 물든 잎이 가지에서 떨어지거나, 철새의 긴 행렬이 푸른 하늘을 건너가는 모습. 그것은 내게 이상하고 불가해하며, 또 평소의 인간 정신의 모든 문제나 행위보다 한층 매혹적이었다.

　그러한 것들을 볼 때면 사람의 마음은 영원한 수수께끼에 의해 감미롭게 포착되고, 깊이 부끄러워하며, 평소에 설명할 수 없던 것을 이야기할 때의 교만함을 모두 벗어 던지게 된다. 거기에 굴복해버리는 것이 아니라 모든 것을 감사하게 받아들이고, 겸허한 마음과 긍지를 가지고 세계의 나그네임을 느끼는 것이다.

어릴 적부터 나는 즐겨 가을의 기이한 형태를 바라보는 습관이 있었다. 그것을 그저 관찰하는 것이 아니라 그 형태가 지닌 독특한 매력이나 그 형태가 나타내는 부드러운 언어에 몰두하는 것이었다.

길고 목질화木質化된 나무의 뿌리, 색채 있는 돌의 무늬, 물 위에 떠 있는 기름 같은 모양, 유리에 금이 간 모습, 이러한 것들이 때때로 나에게는 큰 매력의 대상이었다. 더구나 물, 구름, 연기, 먼지, 특히 눈을 감았을 때 보이는 여러 가지 빛깔의 소용돌이가 그랬다.

나는 언덕 위에 서서 구름을 바라보고 있었다. 구름은 유유히 혹은 빠른 걸음으로 다가왔다. 혹은 헤엄치고 혹은 춤추며 다가왔다. 마치 기적처럼, 어쩌면 신의 입에서 나온 말이나 노래 내지는 농담이나 위로처럼.

그리고 구름은 먼 세계를 동경하며 차가운 담청색 하늘로 표류해 갔다. 그것은 책에 실려 있는 모든 노래들보다 아름답고 더욱 감동적이었다.

산이나 호수나 폭풍우나 태양은 나의 벗이었다. 그들은 내게 여러 가지 이야기를 들려주기도 하고, 가르쳐주기도 했다. 오랫동안 나는 그들과 더불어 어떤 인간의 운명보다 더 깊은 정이 들었다.

그러나 번쩍번쩍 빛나는 호수나 슬픈 듯한 소나무나 햇빛을 받아 빛나는 바위보다 훨씬 좋은 것은 구름이었다.

이 넓은 세계에 나보다 더 구름을 잘 알고, 구름을 사랑하는 사람이 있다면 만나보고 싶다. 혹은 이 세상에 구름보다 더 아름다운 것이 있다면 꼭 보여달라고 하고 싶다.

구름은 축복이며, 신이 준 선물이다. 노여움인 동시에 죽음의 힘이다.

구름은 행복한 섬 모양도 되고, 축복하는 천사의 모습도 된다. 협박하는 손을 닮기도 하고, 나부끼는 돛이나 하늘을 나는 학을 닮기도 한다.

구름은 신이 자리한 하늘과 가엾은 대지의 사이에서 그 어느 것에도 속하며, 모든 인간들의 동경의 비유로서 표류한다.

구름은 대지가 그 더럽혀진 마음을 하늘에 기대려고 하는 꿈이다. 구름은 모든 방랑과 탐구, 욕구와 향수의 영원한 상징이다. 구름이 땅과 하늘 사이에 주저하는 듯, 동경하는 듯, 반항하는 듯이 걸려 있는 것처럼 인간의 영혼 또한 시간과 영원 사이에 그렇게 걸려 있는 것이다.

더욱 깊고 엄숙하게 나의 마음에 부딪쳐 오는 것은 나무들의 모습이었다. 나는 그들이 고독한 생활을 하고, 독특한 형태와 줄기를 만들고, 독특한 그림자를 던지고 있는 것을 보았다.

　그들은 산속의 연고 깊은 은둔자나 전사 같아 보였다. 왜냐하면 어떤 나무든지, 특히 높은 산에 서 있는 나무일수록 생존하고 성장하기 위해 바람이나 기후나 암석과 조용하고 집요한 싸움을 계속 벌이고 있었기 때문이다.

　어느 나무든지 자기의 체중을 지탱한 채 바위에 달라붙어 있지 않으면 안 되었다. 그 때문에 독자적인 형체가 형성되고, 독특한 상처의 흔적을 지니고 있는 것이었다. 그중에는 강한 바람 때문에 한쪽으로 가지를 뻗을 수밖에 없는 소나무도 있으며, 벌거숭이 줄기를 바위 틈 사이로 뱀처럼 꿈틀대면서 나무와 바위가 서로 껴안고 몸을 지탱하고 있는 듯한 것도 있었다.

　그들은 전사처럼 나를 바라보면서 경외하는 마음을 나에게 일으켰다.

아련한 구름

한 조각의 가늘고 하얀,
한 조각의 평화롭고 엷은 구름이
바람에 불려 푸른 하늘을 간다.
눈을 감고 느끼는 것이 좋다, 그 구름이
너의 푸른 꿈속을 하얀 서늘함으로
즐겁게 흘러가는 것을.

흰 구름

오오, 보라. 흰 구름이 또
표표히 푸른 하늘을 흘러간다.
잊어버렸던 아름다운 노래,
아련한 곡조처럼
저 구름의 마음은 모른다.

긴 여로에서
기쁨과 슬픔을
맛본 사람이 아니면.

태양이나 바닷바람처럼
흰 것, 잡을 길 없는 것이 나는 좋다.
그것은 고향을 가지지 않은 자의
자매이며 천사이기도 하니까.

헤세의 생각

구름

구름이여, 하늘을 나는 구름이여,
조용한 뱃놀이여,
너는 빛 고운 베일로
나의 마음을 설레게 한다.
푸른 하늘에서 솟아난
화려한 세계여,
너는 신비에 찬 매력으로
종종 나의 마음을 사로잡는다.

모든 지상적인 것을 털어버린
가볍고, 맑고, 투명한 거품이여,
너는 죄로 더럽혀진 이 지상의
아름다운 향수, 꿈이기라도 한 것인가.

보라! 하늘에 수를 놓고 있는 구름이 만들어낸 경치를. 처음 보면 가장 어두운 곳이 가장 깊은 곳처럼 생각되기 쉽지만, 이 어둡고 부드러운 느낌이 드는 곳은 구름에 지나지 않으며, 우주의 진정한 깊이는 구름 산맥의 가장자리에서부터 시작하여 무한 속으로 가라앉는다.

그 안에 갖가지 별들이 우리 인간에게 아주 뚜렷한 질서의 상징으로 엄숙하게 빛나고 있음을 곧 깨닫게 된다. 세계와 그 비밀의 깊이는 구름의 검은 부분에는 없고, 맑고 밝은 부분에만 있는 것이다.

내게 나무는 언제나 가장 마음에 스며드는 설교자였다. 나는 국가나 가정을 형성하고 있는 듯이 숲을 이루고 살아 있는 나무를 존경한다.

그러나 외롭게 혼자 서 있을 때의 나무를 나는 더욱 존경한다. 그러한 나무는 마치 고고한 사람 같다. 어떤 나약함으로 도피한 은둔자 같지는 않고, 베토벤이나 니체처럼 위대하고 고립된 인간 같다. 그 가지 속에서는 세계가 술렁대고, 그 뿌리는 무한한 것 속에서 숨을 쉬고 있다.

헤세의 생각

그러나 나무는 그 안에서 자기를 잃거나 하지는 않는다. 모든 생명력을 기울여 오로지 한 가지 일만을 성취하려고 노력한다. 말하자면 자기 자신의 마음속에 있는 법칙을 실현하고, 자기 본래의 모습을 완성하며, 자기 스스로를 표현하려고 하는 것이다. 아름답고 강한 나무일수록 신성하여 모범으로 삼기에는 이보다 더 좋은 것이 없다.

나무는 신성한 존재이다. 나무와 대화를 나누고, 나무에게 귀를 기울일 줄 안다는 것은 곧 진리를 아는 것이다. 나무는 교의教義도 처방도 설명하지 않는다. 나무는 개개의 존재에 머무르지 않고, 생의 근본 법칙을 설명한다.

우리의 슬픔과 함께 살아간다는 것을 감당하지 못할 때에 나무는 우리에게 이처럼 말해줄 것이다.

"쉿! 조용히 해. 나를 봐. 산다는 것은 쉽지 않지만 어렵지도 않아. 그러한 것은 어린아이나 생각하는 일이야. 너의 마음속에 있는 신에게 말해보는 것이 좋아. 그렇게 하면 그 같은 생각은 침묵해버리지. 너는 너의 길이 어머니와 고향에서 너를 멀리 떨어지게 하지는 않을까 걱정을 하지. 그러나 하루하루 한 발자국, 한 발자국 너를 다시 어머니에게로 데려가줄 거야. 고향은 다른 데 있는 것이 아니야. 바로 너의 마음속에 있어. 그 외에는 어디에도 없지."

나는 왕이다

나는 창공에 떠 있는 하나의 별이다.
세계를 바라보고 세계를 비웃으며
스스로의 뜨거운 불에 타서 흩어지는 별이다.

나는 밤마다 광란하는 바다이다.
있는 죄 위에 새로운 죄를 더하고
희생이란 무거운 짐을 지고 허덕이는 바다이다.

나는 너희의 세계에서 추방된 자이다.
긍지로 자라서 긍지에 배반당하고
다스릴 나라가 없는 왕이다.

나는 말없는 정열이다.
집에서는 식칼이 없고
싸움에서는 장검이 없이
스스로의 힘에 겨워 병을 앓는 자이다.

산책

붉은 가지를 가진 소나무여,
은빛 부드러운 자작나무여,
묵묵히 서 있는 떡갈나무여,
말해다오, 너희도 괴로움이 있는가.

꿀벌의 노래를 들으면서
아련히 향기로운 꽃이여,
너희의 나날에도
이처럼 어둡고 불안한 일이 있는가.

벗이여! 강은 많은 목소리, 참으로 많은 목소리를 가지고 있다. 그것은 왕자의 목소리, 전사의 목소리, 암소의 목소리, 밤의 새 울음소리, 임산부의 신음 소리, 탄식하는 자의 소리, 그 밖에도 무수한 소리를 가지고 있다. 만약 강이 가진 수많은 목소리를 동시에 들을 수 있다면 그때 강은 어떤 소리를 낼까?

나는 무엇보다 더 이 강을 사랑합니다. 때때로 나는 그 소리를 주의 깊게 듣고, 가끔은 그 눈을 들여다봅니다. 그리고 늘 그것에서 무언가를 배웁니다. 강에서는 여러 가지를 배울 수 있습니다.

광적이고, 격렬하고, 모든 위험과 파멸을 상대로 도박을 하여 금전을 얻으려 하고, 여자의 사랑을 찾아다니고, 왕의 은총을 구하는 자가 있지 않은가.

그와 마찬가지로 우리가 여행을 동경하는 것은 어머니인 대지를 꽉 부여잡고, 체험하려고 돌진하는 것이다. 대지와 하나가 되고 그것을 완전히 소유하여 우리의 몸을 맡기기를 바라는 것이다.

헤세의 생각

내가 숲을 보면서 그것을 사자, 벌목을 하자, 사냥을 하자, 담보로 맡기고 돈을 빌리자 하고 생각할 때, 내가 보는 것은 숲이 아니라 오직 나의 의도, 계획, 배려, 돈지갑 등과 숲 사이의 관계에 불과하다.

그때 숲은 나무로 이루어져 있을 뿐이고 젊었거나 늙었거나, 원기왕성하거나 쇠약해져 있거나 할 뿐이다. 그러나 내가 숲에서 아무것도 바라지 않을 때, 나의 생각에 아무런 사사로움이 없이 그 푸른 전당에 눈길을 보낼 때, 그때 비로소 숲은 숲이며, 자연이며, 살아 있는 모습이며, 아름다운 존재인 것이다.

예로부터 대지와 대지의 식물이나 동물만을 상대해온 나는 처세술이라고 할 만한 능력을 별로 가지지 못했다. 지금도 내가 보는 것은 유감스럽게도 내가 얼마나 동물적인 생활에 애착을 느끼고 있는지에 대한 솔직한 증명인 것이다.

말하자면 나는 종종 동물이 되어 바닷가에서 잠을 자는 꿈을 꾼다. 대개는 바다표범이 된다. 하지만 그것이 얼마나 즐거운지 눈을 떠도 인간의 품위를 되찾은 것이 조금도 반갑지 않고, 자랑스럽지도 않으며, 오히려 그저 슬프게만 여겨진다.

나는 자꾸자꾸 사물의 안 깊숙이 눈길을 돌렸다. 바람이 나무와 함께 복잡한 소리를 내는 것을 듣고, 골짜기 물이 계곡을 달음박질쳐 내리고, 조용한 강물이 평야를 유유히 흘러가는 소리를 들었다.

나는 이러한 소리는 신의 소리이며, 어두운 원시의 아름다움을 지닌 낙원을 다시 발견할 수 있게 해준다는 것을 알고 있었다.

책에는 이러한 일들이 거의 쓰여 있지 않다. 다만 성서에 '피조물의 말할 수 없는 탄식'이라는 놀라운 말이 적혀 있을 뿐이다.

하지만 나는 어느 시대에도 나와 마찬가지로 이 이해하기 어려운 것에 마음을 빼앗기고, 나날의 생활을 버린 채 창조의 노래에 귀를 기울이며, 구름이 흘러가는 것을 보면서 끝없는 동경과 함께 영원한 것을 향해 팔을 뻗은 사람들─말하자면 은둔자나 속죄자, 성직자─이 있었을 것임을 어렴풋이나마 느꼈다.

강의 비밀 중에서 그는 오늘 한 가지를 알았다. 그것은 그의 넋을 사로잡았다. 그는 보았다. 물은 끝없이 흘러가고 있다. 그리고 항상 제자리에 있다. 언제나 같은 존재이며, 그러면서도 순간마다 새로운 것이다.

나비 중에는 암놈보다 수놈의 숫자가 훨씬 적은 종류도 있다. 내가 지금 이 나비의 암놈을 한 마리 가지고 있다고 하면, 밤에 수놈이 암놈을 찾아 나에게로 올 것이다. 몇 시간이나 걸릴 먼 곳으로부터도.

　　생각해보라. 몇 시간이나 걸리는 먼 거리에서 말이다. 모든 수놈들은 그 지방에 있는 딱 한 마리의 암놈을 몇 킬로미터나 떨어진 곳에서도 냄새를 맡고 찾아내는 것이다. 여러 가지로 설명하려는 노력이 시도되고 있으나 여간 어려운 일이 아니다.

　　자연계에는 이와 같은 일들이 허다하다. 하지만 누구도 제대로 설명하지 못한다.

　　나는 잘 알고 있다. 불안에 쫓기는 넋이여, 너에게는 네가 태어난 고향으로 돌아가는 것보다 필요한 일은 없고, 또 그 이상의 음식도 잠도 없는 것이다. 거기에서는 너를 둘러싸고 파도가 속삭인다. 너는 파도며 숲이다. 너 자신이 숲이라서 거기에는 이미 안도밖도 없다. 너는 새가 되어 하늘을 날고, 물고기가 되어 바다를 헤엄친다. 너는 빛을 마심과 동시에 빛 그 자체이며, 어둠을 맛보면서 어둠 그 자체인 것이다.

믿음

인간이 구하는 것은
필경 피와 죄와 살육이다.
자연을 발견한 자만, 그에게만
모든 땅은 성스러운 고향이 되며
모든 사람은 동포가 된다.

세계의 어디에도
바람은 불고 물은 떨어지고 있다.
도처에
푸른 공기와 수정 같은 바다가 있다.
지평선에는 아련한 금빛 구름,
부드러운 달빛,
숲 속의 짐승 소리, 길게 뻗은 해안선,
참새의 지저귐, 산, 나무, 좁은 바윗길,
이야말로 나의 보배, 내 마음의 재산,
안심하고 살 수 있는 영혼의 위로다.

남의 피로 죄를 측량하지 말라.

헤세의 생각

자연의 무한한 인내와 비교하여
너와 너의 걸음을 측량하라.

자연은 너를 함께 옮겨 간다.
자연을 너의 집으로 하라.
그렇게 하면 아침에도 저녁에도
아버지의 집에서 안전할 수 있다.

너는 너의 고향에 만족하지 않는가? 너는 좀 더 아름답고 풍요하며 따뜻한 고장을 알고 있단 말인가? 그래서 너는 너의 동경을 좇아 나그네 길을 떠난다. 너는 보다 아름답고, 보다 태양이 빛나는 나라에 유혹된다. 너의 마음은 크게 열리고, 평화로운 하늘이 새롭게 너의 행복을 감싼다. 그것이 지금은 너의 낙원이다.

그러나 잠깐만 기다려보라. 그곳을 칭찬하는 것은 정말 조금, 최초의 기쁨과 최초의 신기함이 지나갈 때까지만. 그렇게 하면 너는 산에 오르고 너의 고향이 있는 방향을 찾을 때가 올 것이다.

고향의 언덕은 얼마나 평화롭고 푸르렀던가? 그곳에서 너는 깨닫고 느낄 것이다. 거기에 지금도 네가 어린 시절에 놀던 집과 뜰이 있다는 것을. 그리고 거기에 네 청춘의 모든 성스러운 추억이 서려 있다는 것을. 또한 거기에 너의 어머니가 잠들어 있다는 것을.

나의 생활에는 중심이 없고, 많은 극과 반대되는 극 사이에서 흔들흔들 흔들리고 있었다. 한쪽에서는 집에 있고 싶다는 마음과 함께 여행에 대한 동경이 일어나고, 다른 한쪽에서는 고독과 수도修道를 원하는 동시에 사랑과 사바세계에 마음이 끌리고 있다.

때때로

때때로 새가 울거나
바람이 가지 사이를 불어 지나가거나
개가 먼 농가에서 짓거나 하면
오랫동안 귀를 기울이고 침묵하지 않을 수 없다.

나의 영혼은 쫓겨서 돌아간다.
잊었던 천년이나 전의
울던 새 소리, 부는 바람 소리가 나를 닮아 있고
나의 형제였던 옛말과
나의 영혼은 나무가 되고
짐승이 되고 흐트러진 구름이 된다.
그리고 낯선 모습으로 돌아와
나에게 묻는다, 이때 나는 뭐라고 대답해야 좋은가.

모든 죽음

모든 죽음을 나는 이미 체험했다.
모든 죽음을 나는 다시 체험할 것이다.
숲 속에서는 나무의 죽음을,
산 속에서는 돌의 죽음을,
모래밭에서는 흙의 죽음을,
바람 부드러운 여름 풀밭에서는 잎의 죽음을,
그리고 가련한 피투성이 인간의 죽음을.

나는 꽃으로 재생하고 싶다.
나무로, 돌로 나는 재생하고 싶다.
물고기로, 사슴으로, 새로, 나비로
그리고 어떤 모습에서도
그리움이 나를 뒤쫓아서
최후의 괴로움,
인간의 번뇌에다 밀어붙이겠지.

그리움의 광포한 주먹이
삶의 양극을 휘어잡아

헤세의 생각

맞붙이려 할 때,

오오, 팽팽하게 당겨진 활의 떨림이여,

앞으로도 또 몇 번이나

너는 나를 죽음에서 탄생으로

형성의 괴로운 궤도를,

형성의 빛나는 궤도를 달려가게 할 것인가.

마른 잎새

나의 앞을
바람에 쓸려 가는 마른 잎새.
방랑도 젊음도 사랑도
때가 있고 끝이 있는 것이다.

저 잎은 바람결 마다마다
정처 없이 방황하여
마침내 숲이나 도랑에 머무른다.
나의 나그네 길은 어디까지 갈 것인가.

헤세의 생각

아름다운 것이 매력적인 이유는 그것이 사라지기 때문이다.

진정한 여행자의 마음이란 저 위험한 욕망, 두려움 없이 사물을 생각하고, 세계를 자기의 머리맡에 놓고, 모든 사물과 인간에 대해 해답을 얻으려는 욕망과 같은 것이지 그 이상의 것은 아니다.

하루가 아침과 밤의 사이를 지나듯이 나의 생활도 여행에의 충동과 고향에의 동경 사이를 지난다.

순수한 관상觀想, 목적 추구나 의욕에 의해 흐려지지 않은 관찰, 자기 스스로 만족하고 있는 눈, 귀, 코, 촉각의 훈련, 그것은 우리의 내부에 있는 세련된 것이 향수를 포용하는 낙원이다. 그리고 우리가 가장 좋게, 가장 순수하게 그것을 탐닉할 수 있는 때는 오직 여행을 떠나서이다.

나는 방금 책꽂이에서 한 권의 책을 꺼내 읽었다. 그리고 다시 꽂아두었다. 그러나 나는 이미 조금 전의 내가 아니다.

무모한 것이 없으면 아름다움도 없다. 환희와 무상함은 서로를 원하며 동시에 제약하고 있다.

"당신은 시인이에요"

소녀가 말했다.

나는 얼굴을 찡그렸다.

"다른 뜻에서 말씀드린 것은 아니에요."

하고 소녀는 이어 말했다.

"당신이 소설 같은 것을 쓰고 있기 때문은 아니에요. 당신이 자연을 이해하고 사랑하기 때문이지요. 나무가 바람에 술렁대고 있거나 산이 햇빛을 받아 빛나고 있다 한들 그게 다른 사람에게는 무슨 의미가 있겠어요. 하지만 당신에게는 충분한 의미가 있어요. 그 안에 당신이 함께 살아갈 수 있는 생명이 있는 거지요."

당신이 어떻게 될 것인지 알고 싶다는 생각이 들 때가 있어요. 자주 그런 것을 생각해요. 당신은 당연하고 편한 생활은 하지 않는군요. 당신은 시인이 될 것이 틀림없어요. 환영과 꿈을 가지고, 그것을 아름답게 표현하는 사람이 될 것이 틀림없어요.

당신은 온 세상을 헤매겠지요. 모든 여자들이 당신을 사랑하겠지요. 하지만 역시 혼자겠지요.

당신은 대단히 아름답고 명랑해 보이지만, 당신의 눈 속 깊이 있는 것은 슬픔일 뿐 명랑함이 아니에요. 마치 당신의 눈은 행복 같은 것은 하나도 없고, 아름다움도 사랑도 오랫동안 우리에게 머물러 있지 않는다는 사실을 알고 있는 것 같아요. 당신은 이 세상에서 가장 아름다운 눈을 가지고 있어요.

당신은 숲에서 왔지요? 언젠가는 당신은 또 그곳으로 떠나 이끼 위에서 잠자고, 끝없이 방황하겠지요.

그림이다! 모든 것은 그저 그림에 불과하다.

여행하는 기술

끝없이 헤매는 것은 청춘의 즐거움이지만
청춘과 함께 그 즐거움은 사라졌다.
목적과 의식이 지각된 뒤부터는
나는 오락 장소를 바꾸고 있을 뿐이다.

목적만을 쫓고 있는 눈은
방랑의 재미를 모른다.
모든 길은 기다리고 있다.
숲도 시내도 아름다운 경치도 닫힌 채로다.

좀 더 방랑을 배우지 않으면 안 된다.
그때의 무심한 빛남이
동경의 별 앞에 퇴색하지 않도록.

세계의 윤무 속에 들어가서 춤추고
쉬면서도 사랑하는, 멀리에 눈길을 주고 있는
그것이 여행하는 기술인 것이다.

헤세의 생각

나그네 노래

태양이여, 나의 마음속을 비추어라.
바람이여, 나의 번뇌를 날려 보내라.
내게는 넓은 세계를 여행하는 것보다
더 큰 기쁨이 다시 있으리라고 생각되지 않는다.

나는 발길을 광야로 돌린다.
태양은 나를 태우고, 바다는 나를 식혀준다.
이 대지의 목숨을 느끼기 위해
나는 모든 감각을 엄숙히 개방한다.

그러면 새로운 나날은 나에게
새로운 빛을, 새로운 형체를 준다.
내가 괴로움 없이 모든 힘을 찬양하고
모든 별의 손님이 되고 벗이 될 때까지.

여행을 떠날 각오가 되어 있는 사람만이 자기를 묶고 있는 속박에서 벗어날 수 있다.

가장 아름다운 것은 언제나 사람이 그것을 볼 때에 기쁨 외에도 슬픔이나 불안감을 품게 만드는 것이다.

나는 시인이 되겠다고 생각하였고, 그리고 시인이 되었다. 또 집을 가지고 싶다고 생각하였고, 그래서 집을 세웠다. 아내와 자식을 가지고 싶다고 생각하였고, 그것을 가졌다. 사람들에게 일을 시키고 싶다고 생각하였고, 그것을 실행하였다.

그러나 어떤 소망도 실행을 하고 난 뒤에는 싫증을 느꼈다. 충만감이란 나를 견딜 수 없게 만드는 것이었다.

나는 시를 쓰는 일에 의심을 가지기 시작했다. 나에게는 집이 따분하게 생각되었다. 도달한 목표는 더 이상 목표가 아니었다. 어느 길도 모두 멀리 둘러가는 길이었다. 어떤 휴식도 새로운 동경을 낳았다.

너는 솔직한 시민은 아니다. 너는 그리스도인은 아니다. 너에게
는 조화가 없고, 스스로 자기 자신을 지배하고 있지도 않다.

너는 폭풍우 속의 한 마리 새다. 폭풍우가 치게 하고 거칠게 하
라. 그리고 너는 폭풍우에 휩쓸려들라.

나는 걸작을 써서 오늘의 인간들에게 위대하면서도 묵묵한 대자
연의 생명을 알리고, 나아가 그것을 사랑하게 만들고 싶다는 소망
을 품고 있었다.

나는 사람들이 울렁거리는 대지의 심장 소리에 귀를 기울이고,
전일숲—한 생명에 참여하도록 이끌어주고 싶었다. 각자의 운명의
항쟁 속에서 우리 자신은 신이 아니며, 스스로 자기를 만든 것도
아니며, 대지와 우주의 일부이자 그 아기임을 잊지 않도록 가르쳐
주고 싶었다.

나는 강도 바다도 흘러가는 구름도 폭풍도 시인의 노래나 우리
가 밤마다 꾸는 꿈과 마찬가지로 동경의 상징이라는 것을 상기시
켜주고 싶었다.

들을 넘어서

하늘을 넘어서 구름은 가고
들을 넘어서 바람은 가고
들을 넘어서 내 어머니와
탕아蕩兒는 방랑한다.

길을 넘어서 낙엽은 지고
나무 위에서 새는 우짖고
산을 넘어서 어딘가 멀리
아득한 고향을 찾아갈까
아득한 고향을 찾아갈까.

헤세의 생각

추방된 자

뒤틀려 헝클어진 구름
폭풍우에 흔들리는 소나무
새빨갛게 물든 저녁 하늘
산에도 나무에도 악몽처럼
신의 손이 무겁게 얹혀 있다.

축복이 없는 몇 해 동안
가는 길에는 모두 폭풍우
고향은 어디에도 없고
오직 미로와 과오만 있을 뿐
나의 마음에도
신의 손이 무겁게 얹혀 있다.

그리고 모든 죄업에서
모든 어두운 심연에서
끝끝내 남는 하나의 비원
어느 날엔가 휴식을 발견하고
두 번 다시 돌아올 길 없는
무덤의 길을 간다는 사실.

아주 아름다운 소녀라고 하더라도 그 아름다움에는 한계가 있다. 그래서 시간이 지나면 그녀도 나이를 먹고 죽어가야 한다. 그러나 그러한 사실을 알고 있기 때문에 그 소녀가 더욱 아름답게 여겨지는 것인지도 모른다.

만약 아름다움이 언제까지나 변하지 않는다면, 처음에는 기뻐하겠지만 점점 그것을 무관심한 기분으로 보게 될 것이다. 그리고 마침내는 오늘만이 아니라 언제라도 볼 수 있다고 생각하게 될 것이다. 반면에 약한 것과 쉽게 변하는 것에 대해서는 그것을 보고 기쁨을 느끼게 될 뿐 아니라 동정심까지 품게 된다.

아마도 모든 예술과 모든 정신의 근본은 죽음에 대한 공포일 것이다. 우리는 죽음을 두려워하고, 무상한 것을 겁낸다.

우리는 언제나 꽃이 시들고 잎이 지는 것을 슬프게 바라본다. 그리고 우리 자신도 부질없이 곧 늙으리라는 사실을 마음속으로 느낀다. 우리가 예술가로서 어떤 형상을 만들고, 사상가로서 법칙을 구하고 공식화하는 것은 죽음의 커다란 무상함 속에서 무언가를 구해내기 위해서이다. 또한 우리 자신보다 긴 수명을 가진 무언가를 만들기 위해서이다.

헤세의 생각

밤하늘 어디론가 쏘아 올리는 불꽃처럼 아름다운 것도 드물다. 그 환하고 매혹적인 여러 가지 색깔의 불꽃들은 어둠 속에서 하늘로 올라간 뒤 금세 어둠 속으로 말려든다.

그것은 분명히 아름답다. 나는 아름다운 것일수록 터무니없이 쉽게 사라져버리는 모든 인간적인 기쁨의 상징처럼 생각된다.

내가 유명한 화가가 될 수 없다는 것은 이미 알고 있었다. 하지만 그림에 몰두하는 순간 나 자신을 까맣게 잊어버렸고, 여러 날동안 나 자신과 세상을 잊은 채 고달픈 모든 것에서 자유로울 수 있었던 경험은 처음 있는 일이었다.

무언가를 요구하는 눈초리는 불손해서 사물의 모습을 비틀려 보이게 한다. 우리가 아무것도 구하지 않을 때, 우리의 사물을 보는 눈이 순수한 관찰의 눈일 때 비로소 사물의 영혼, 즉 아름다움이 모습을 드러낸다.

방랑의 길 위에서

슬퍼할 것 없어요, 곧 밤이 옵니다.
푸른 장막으로 싸인 들 위에
차가운 달이 떠올라 미소를 지을 겁니다.
그때 손을 잡고 쉬어요.

슬퍼할 것 없어요, 곧 때가 옵니다.
작은 십자가가 둘, 우리를 위해
밝은 길가에 나란히 설 겁니다.
그리고 비가 오고 눈이 내릴 겁니다.
그리고 바람이 왔다가 다시 떠날 겁니다.

예술은 어머니의 세계와 아버지의 세계, 그리고 피와 정신의 통일이었다.

예술은 가장 감각적인 것에서 시작하여 가장 추상적인 것으로 통하게 되었다. 혹은 순수한 관념의 세계에서 시작하여 혈기 왕성한 육체로 끝날 수 있게 되었다.

모든 예술의 궁극적인 목적은 인생이 살 만한 가치가 있다는 사실을 일깨워주는 것이다.

예술가는 인류를 사랑합니다. 나도 그들과 같이 괴로워합니다. 그들은 정치가나 실업가보다 훨씬 깊이 인간을 알고 있습니다.

예술은 남성적인 것과 여성적인 것, 본능적인 것과 순수하게 정신적인 것을 함께 가지고 있는 신비로운 것이다.

예술가

몇 년이고 정열을 불태우며 만든 것이
소박한 시장에 진열되어 있다.
세상 사람들은 살펴보지도 않고
웃고 칭찬하며 좋다고 한다.

누구도 모른다, 모든 사람이 웃으면서
머리에 얹어주는 기쁜 화관을.
나의 삶과 힘이 다한 것을
나의 희생이 허무하였던 것을.

헤세의 생각

좋은 예술 작품의 원형은 실재의 인물이나 사물이 아니다. 실재의 인물이나 사물은 그것의 동기가 될 뿐이다.

좋은 예술 작품의 원형은 살과 피가 아니라 정신적인 것이다. 그것은 예술가의 영혼 속에 고향과 같이 머물러 있는 형상이다.

돌이나 나무는 색에 의해 존재하고 있으나 언젠가는 사라진다. 예술의 본령은 언젠가는 찾아올 죽음으로부터 보다 오래 그것들을 존속시키려는 목적에만 있는 것이 아니다.

시구詩句가 난무하는 걸음 속에서 삶의 멋진 부분과 무서운 부분을 읊는 시인. 그것을 현재로서 울리게 하는 음악가는 처음에는 우리를 눈물과 괴로운 긴장 속으로 이끌지만, 이 세상에 기쁨과 빛을 주는 사람이다.

한 줄의 시구로 우리를 황홀하게 만드는 시인은 사실은 슬프고 고독한 사람이며, 음악가는 우울한 몽상가이기도 하다.

당신이 돈으로 살 수 있는 것은 언젠가는 손에 넣을 수 있을 것이다. 그러나 당신은 가장 좋은 것, 가장 아름다운 것, 가장 바람직한 것은 돈으로도 살 수 없다는 사실을 알아야 할 것이다.

사랑을 돈으로 살 수 없듯이 세상에서 가장 아름다운 것, 가장 바람직한 것은 자신의 마음을 주지 않고는 손에 넣을 수 없다.

나의 기억이 잘못되지 않았다면, 나는 한 번도 교육을 높이 평가한 적이 없습니다. 나는 항상 인간이 교육에 의해 변하거나 개선될 수 있는지 의문을 가지고 있기 때문입니다.

그보다도 나는 아름다움이나 예술, 특히 문학이 가지는 은근한 설득력에 신뢰감을 가지고 있습니다. 나 자신이 젊었을 때에 교육보다 그러한 것들에서 가르침을 받았고, 정신적인 세계에 대한 호기심을 일구게 되었기 때문입니다.

참된 창작은 사람을 고독하게 하고, 삶의 즐거움을 희생하도록 요구한다.

헤세의 생각

예술이 나에게 준 것은 무상한 느낌의 극복이었다. 인간 생활의 광대함과 죽음의 허망한 느낌에서 무엇인가 살아나 오랫동안 남을 수 있다는 것을 알게 되었다. 그것은 바로 예술 작품이었다. 물론 예술 작품도 언젠가는 변하고 타버리고 부서질 것이다. 그러나 적어도 예술 작품은 몇 세대를 넘어 오래 보존되며, 순간의 저 너머에 성스럽고 조용한 세계를 만든다. 나는 그 작업에 동참하는 것이 위로가 되고 좋은 일이라고 생각했다. 왜냐하면 그 일은 무상한 것을 영원한 것으로 만드는 신의 역할과 비슷한 면이 있어서였다.

예술 작품은 현실적으로 구체화되기 전에 이미 예술가의 영혼 속에 이미지로 존재한다. 그 이미지, 즉 원형은 옛날의 철학자가 이데아라고 이름을 붙인 것과 꼭 들어맞는다.

예술은 세계와 인간생활을 증오나 당파로, 즉 히틀러 추종자와 스탈린 추종자로 분열되지 않도록 마음을 쏠리게 하는 인류의 기능 가운데 하나이다.

나의 시에는 현실에 대한 조그마한 존경심도 들어 있지 않다는 말을 가끔 듣는다. 그림에서 나무는 여러 가지 모양을 하고 있고, 집이 웃거나 춤을 추거나 울기도 한다. 하지만 그 나무가 배나무인지 밤나무인지는 대부분의 사람들이 잘 구별하지 못한다.

　나는 나에 대한 비난을 달게 받아들여야 한다. 고백하자면 나의 생활 자체가 옛이야기 같은 점이 있음을 가끔 느낀다. 외계와 나의 내부가 마술적이라고밖에 할 수 없는 조화를 이루고 있으며, 그 속에 내가 있음을 느끼는 것이다.

　예술가는 세상 사람들이 생각하는 것처럼 감흥에 따라 아무 때나 예술 작품을 만들어내는 쾌활한 신사가 아니다. 미안한 얘기지만, 쓸모없는 재산 때문에 질식할 것 같은 분위기에서 무언가를 토해내지 않고는 견딜 수 없는 불쌍한 인간이다.

　행복한 예술가라는 말은 거짓말이다. 그러한 말은 세상 사람들의 잠꼬대 같은 소리다. 대부분의 참된 예술가의 생활은 불행하다. 예술가가 배가 고파져서 자루를 벌려보면 속에 들어 있는 것은 진주뿐이기 때문이다.

나는 때때로 현실 감각이 무디다는 말을 듣는다. 내가 쓰는 시도, 내가 그리는 그림도 현실과 동떨어져 있다는 지적이다.

　실제로 나는 시를 쓸 때에 가끔 교양 있는 독자가 완전한 작품을 요구하고 있다는 사실을 잊어버린다.

　사실이지, 내게는 현실에 대한 존경심이 없다. 나는 현실이라는 것이 조금도 마음에 걸릴 바가 없다고 생각한다. 현실은 어느 곳에도 존재하는 것이지만, 우리의 관심과 배려를 요구하는 것들이 현실보다 더 아름답고 필요하기 때문이다.

　우리들 사상가는 세계를 신으로부터 떨어뜨림으로써 신에게 다가간다. 그러나 당신들 예술가는 신의 창조물을 사랑하고, 그것을 재창조함으로써 신에게 다가간다.

　우리들의 사색은 언제나 추상적이며, 감각적인 것에 대한 무시이며, 순수한 정신적인 세계를 건설하고자 하는 시도이다. 반면에 당신들은 가장 변모하기 쉬운 생명의 모습을 취하여 무상함 속에 존재하는 세계를 알린다. 당신들은 무상한 것을 무시하지 않고 거기에 마음을 붙인다. 당신들의 헌신에 의해 그것은 최고가 되고, 영원한 것에 대한 비유가 된다.

예술가의 대부분은 두 가지의 영혼, 두 가지의 성질을 함께 가지고 있다. 신적인 것과 악마적인 것, 아버지의 피와 어머니의 피, 행복을 받아들이는 능력과 괴로움을 받아들이는 능력이 서로 맞서거나 범벅이 되어 있다.

그들은 대단히 안정되지 않은 생활을 하고 있지만, 때때로 아주 행복한 순간에는 한없는 아름다움을 체험하게 된다. 그 순간의 행복은 더없이 크다. 비록 예술가의 고뇌는 바다를 덮을 정도이지만, 가끔씩 맛보는 이 짧은 순간의 행복은 타인까지도 매혹시킨다. 그처럼 고뇌의 바다에 순간적으로 떠오르는 귀중한 행복의 형상으로서 모든 예술 작품은 태어난다.

나는 한 시인이 되었으나 한 인간은 되지 못했습니다. 부분적인 목적은 달성했으나 중요한 목적은 달성하지 못했습니다. 나는 늘 도중에 좌절하고는 했습니다.

시를 쓰는 일은 개인적이고, 집중적이며, 때때로 내가 말할 수 없는 기쁨을 느끼도록 해줍니다.

그러나 생활은 반드시 그렇지는 않습니다. 나의 생활은 단지 시를 쓰기 위한 준비에 불과합니다.

헤세의 생각

음악은 신과 별들의 반짝임에 의해 만들어진다. 음악이 우리에게 주는 것은 어둠, 고뇌, 불안이 아니라 한 줄기의 밝은 빛, 영원한 반짝임이다.

사상가는 세계의 본질을 논리학에 의해 인식하고 표현한다. 그러나 그는 우리의 지성 및 그 도구인 논리학이 불완전한 기계라는 사실을 알고 있다. 마찬가지로 현명한 예술가는 자신의 붓이나 끌이 천사나 성인의 빛나는 본질을 결코 완전하게 표현할 수 없다는 사실을 잘 알고 있다.

예술가는 자기 예술을 위해 고생합니다. 진지하게 부딪쳐 가면 갈수록 점점 목표에 가까이 다가가게 되고, 모든 예술에 통하는 궁극적인 것을 발견할 수 있게 됩니다. 그것을 인생의 의미에 대한 신념 혹은 인생에 의미를 부여하려는 용기라고 불러도 좋을 것입니다. 예술가의 길은 많은 계단이 있으며 또 구부러지고 휘어져 있어서 가기 힘들지만, 분명히 갈 만한 가치가 있는 길입니다.

예술가들 대부분이 자신들의 작품에 나타나 있는 고귀하고 훌륭하고 이상적인 것을 막상 생활에서는 전혀 실현시키지 못함은 얼마나 기묘하면서도 두려운 일인가?

예술가와 사상가의 길은 어떤 희생을 치러도 아깝지 않을 만큼 아름답습니다. 진리의 아름다움을 향한 사랑, 그 세상 속으로 들어가고 싶다는 열망, 그 빛을 받고 싶다는 염원을 마음속에 가진 사람의 일상생활은 언제나 고독하며, 그의 삶은 이해되지 않은 채로 끝날지도 모릅니다.

예술가가 자기 예술의 완성 외의 다른 것을 위해 싸우는 것은 하등의 의미도 없는 일입니다. 물론 예술가도 때때로 세계를 개혁하기도 하며, 투사이고 설교자일 수도 있습니다. 하지만 그 노력의 성패는 의욕의 많고 적음이나 확신의 정확성에 좌우되는 것이 아니라 예술가로서 항상 가져야 하는 질에 달려 있습니다.

헤세의 생각

핵심은 절제이다. 굳이 어느 오페라의 초연을 보지 않아도 된다는 결정을 내리는 데에는 용기가 필요하다.

　나는 유행이나 관습에 휩쓸리지 않고 자기만의 길을 가는 사람들을 몇 명 알고 있다. 그들이 어떤 결정을 내리게 하는 것은 용기이며, 그들은 그러한 용기를 낸 것에 대해 후회하지 않는다.

　그림을 그리는 일보다 더 위험하고 어렵고 절망적인 것이 있을까? 목련꽃을 그리려고 하는 주제넘은 시도와 비교해볼 때, 내가 쓴 모든 글들은 아무런 가치도 없는 엉터리가 아니었을까?

　나는 감각적인 인간이었을 뿐만 아니라 예술가이기도 했습니다. 나는 세계로부터 부여받은 이미지나 체험을 재생산하고, 스케치나 멜로디나 시적인 언어로 새롭고 독자적인 것을 만들려고 시도할 수 있었습니다. 물론 내게도 여러 가지 일이 일어났지만, 죽음보다 삶이 더 좋다고 생각한 것은 예술가로서의 희열과 호기심이 있었기 때문이었습니다.

젊은이여! 화가가 되고 싶으면 다음과 같은 점을 명심해야 합니다. 첫째, 충분히 먹어야 합니다. 둘째, 소화가 중요합니다. 규칙적으로 배변을 할 수 있도록 신경을 써야지요. 셋째, 항상 아름답고 귀여운 여자를 한 명 곁에 두고 있어야 합니다.

현세에 있으면서도 현세를 떠난 것처럼 살고, 법률을 지키면서도 그것을 초월한 듯하고, 소유한 듯하면서도 소유하지 않은 것 같고, 체념한 듯하면서도 체념하지 않은 것같이 살게 하는 것. 세상의 모든 처세술을 실현하는 것은 오직 유머뿐이다.

입에 풀칠을 하면서 목숨을 이어가는 예술가들은 유서 깊은 법칙을 따라야만 한다. 인간성은 사치가 아니라 존재를 위한 필수 조건이며, 삶을 위한 공기이고, 절대로 빼놓을 수 없는 자산이다. 여기서 내가 예술가라고 생각하는 것은 삶을 살아가면서 스스로 성장하는 사람이다. 자기가 쓰는 힘의 근원을 알고, 그 위에 자기만의 고유한 법칙을 쌓아 올리는 일을 꼭 해야 한다고 느끼는 사람이다.

헤세의 생각

유머는 번뇌하는 인간들이 괴로운 인생을 견뎌낼 수 있도록 해주기 위함뿐만 아니라 찬미할 수 있게 해주기 위한 것이다.

유머리스트들이 내세우는 제목과 주제는 모두 구실에 불과하다. 사실상 그들의 주제는 예외 없이 단 한 가지뿐이다. 별난 슬픔과 더러운 인간사, 그리고 삶이 그토록 비참한데도 불구하고 아름답고 근사할 수도 있다는 사실에 대한 놀라움이다.

비극과 유머는 항상 대립하는 것은 아니다. 비극이 유머를 절실하게 요구할 때에만 대립하는 것이다.

웃음으로 현실을 진지하게 대하지 않음으로써, 현실이 파괴되기 쉬운 것임을 끊임없이 일깨움으로써 현실을 극복할 수 있다.

유머는 고대로부터 이상과 현실의 중계자였다.

희극 배우가 위대할수록, 그리고 우리의 어리석은 천성이나 구질구질한 운명을 희극적인 공식에 맞추어 잘 표현할수록 우리는 웃지 않을 수 없다.

아, 음악! 어떤 선율이 마음에 떠오른다. 소리를 내지 않고 마음속에서만 울려 퍼지면서 나의 육체와 정신을 끌어당긴다. 선율은 모든 힘과 운동을 점령한다.

그리고 그것은 마음속에 살고 있다. 잠시 동안 일체의 우연한 것, 나쁜 것, 거친 것, 슬픈 것을 지워버리고, 세계를 공명시키고, 무거운 것을 가볍게 하고, 날 수 없는 것에도 날개를 달아준다.

음악을 연주할 때처럼 두 사람의 우정이 두터워지는 때는 없다.

사랑스러운 음악이여!
모든 조롱 속에서 그래도 가장 행복한 것이여!
소리의 숲이여!
선율의 넝쿨이여!
그대 외에는 어떤 여신으로부터도
많은 위로와 고통과 진리가 담긴
기쁨을 받은 적이 없구나.

바흐의 〈마태 수난곡〉을 듣고 있으면, 비밀에 싸인 세계의 어둡고 힘센 고난의 빛이 모든 신비로운 전율과 함께 나의 마음속으로 서서히 침입한다. 나는 그 곡 가운데 '신의 때가 제일이다'를 들으면서 모든 시인, 모든 예술적 표현의 본질을 본다.

저녁노을이 엷게 퍼진 들판을 혼자 거닐 때, 어느 쓸쓸한 집에서 흘러나오는 음악을 듣는 것처럼 아름답고 그리워지는 것은 없다.

쇼팽

적당히 흔들어주오,
다시 한 번, 당신의 자장가인
커다란 백합을
당신의 왈츠인 붉은 장미를.
시들어가면서 향내를 풍기는
당신의 사랑의 입김을.
그 속에 싸여지게 해주오,
그 좋은 패랭이꽃 같은 당신의 자랑을.

녹턴

쇼팽의 녹턴 마단조
높은 창에서 빛이 흐르고 있었네.
당신의 엄숙한 얼굴이 또한
둥근 후광에 싸여 있었네.

조용한 은빛 달이 이다지도
나를 감동시킨 밤은 없었네.
마음속에서 노래 중의 노래가 흘러 다니고
나는 말할 수 없이 감미로운 느낌을 가졌네.
당신은 침묵을, 나도 침묵을
침묵의 먼 풍경, 빛 속으로 사라진
호수 위의 한 점 백조와
머리 위의 별을 제외한
삶이 있다는 것을 나는 몰랐네.
당신은 창에서 얼굴을 내밀고
당신이 내민 손을
당신의 홀쭉한 목덜미를
달은 은색으로 색칠하였지.

나는 단지 음악을 들을 뿐이지요. 그래도 당신이 연주하는 아무런 구속이 없는 음악을 듣고 있으면, 천국과 지옥을 왕래하는 듯한 느낌이 듭니다.

그러한 음악이 좋은 것입니다. 내가 음악을 그토록 좋아하는 이유도 음악이 도덕적인 것이 아니기 때문입니다.

다른 것은 무엇이나 도덕적이기 때문에 그렇지 않은 것을 바라게 되는 것입니다. 우리는 이미 도덕적인 것 때문에 많은 괴로움을 당하고 있으니까요.

───────

베토벤은 행복과 지혜와 조화에 관한 지식을 가지고 있다. 그러나 그것은 평탄한 길에서 볼 수 있는 것이 아니고, 심연으로 나 있는 길에만 피어 있다.

우리는 그것을 미소 지으면서 잡을 수는 없다. 눈물과 더불어 고뇌에 지쳐서야 겨우 잡을 수 있다. 베토벤의 심포니나 퀘테트(사중주곡)에는 초라함과 절망 속에서도 어딘가 어린아이같이 한없이 순수하고 감동적이며 빛나는 어떤 것이 있다. 그 어떤 것이란 우리 존재의 의미이며, 구원에 대한 지식이다.

헤세의 생각

교향곡

어두운 바닷가로 다가오는
생명의 다채로운 메아리.
그 위에 영혼이 잇달아
별이 흩어진 둥근 하늘이여.

나의 생명은 가라앉고
세계의 끝을 방황하며
깊은 도취 속에
열풍의 달콤한 불을 호흡한다.

더구나 빠져나갈 시간이 없고
생명의 마법의 힘찬 불꽃은
수백 수천의 환희를 품고
새로이 출렁이는 조수 속에 나를 씻는다.

사라사테

멀리 나래를 펴고 하나의 음악 소리가 날면
또 하나, 최후의 소리가 그걸 따르며
떨면서 사라져 간다.
아, 내가 울 수 있다면
장난감을 잃은 어린이처럼.
나는 앉은 채로다, 환호성이 울리는
그리고 나의 마음은 언제까지나
미지의 세계의 공기를 마신다.
아이 같은 동경이 따가운 팔로
안아본 적 있는 세계.
밤마다 이글거리는 정열로
뜨거워진 눈으로
마법의 세계에 묶어버리는
이웃 세계의 공기,
고향을 가리지 않은 자의 나라,
발갛게 태양에 타오른 예술의 왕국.

헤세의 생각

쇼팽! 향수와 동경과 회상이 넘치는 음악!

그 배후에는 파리가 있다. 오늘날의 파리가 아니라 보다 풍자적이며 센티멘털하고 특별한 파리. 특별한 테이블보와 특별한 의상을 입은 쇼팽과 하이네가 있는 파리.

아! 인생은 왜 이토록 혼란하고 어긋나고 허위에 차 있을까? 어째서 인간들 사이에는 허위와 악의와 질투와 증오가 있는 것일까? 아무리 짧은 음악이라도, 아무리 멋없는 노래라도 맑은 소리가 청결한 조화를 이룬다면 천국이 열린다는 것을 말하고 있지 않는가?

결국 우리 인간은 평생 동안 절망적인 후회를 하고, 세상의 혼탁한 은어를 써서 약간의 사랑과 이해를 얻으려고 합니다.

모든 절망과 실패에도 불구하고 음악은 어떤 의미를 가지고 하늘에서 내려왔다는 생각을 우리 마음속에 심어줍니다.

완전한 존재에 다가서기 위하여
― 헤르만 헤세의 생애와 문학

시인 이외에는 아무것도 되고 싶지 않은 소년

헤르만 헤세Hermann Hesse는 1877년 7월 2일에 독일 남부 슈바벤 주의 뷔르템베르크 소재 소도시 칼프에서 태어났다. 아버지 요하네스 헤세는 오랫동안 인도에서 근무했던 개신교 선교사였고, 어머니 마리 군데르트 역시 유서 깊은 신학자 가문 출신이었다. 외조부 헤르만 군데르트는 명성 높은 신학자로 그가 가진 수천 권의 장서는 헤세의 인격 형성에 큰 도움을 주었다. 이처럼 헤세는 어릴 때부터 경건한 종교적 분위기 속에서 성장했고, 이는 그의 삶과 문학 전반에 걸쳐 강력한 영향력으로 작용했다.

헤세는 4세부터 9세까지, 한때 스위스의 바젤에서 지낸 것 외에는 대부분 칼프에서 살았으며, 뒷날 이 거리를 '겔바스아우'라는 이름으로 묘사하였다.

어릴 때부터 정신적으로 조숙하고 예술적 재능을 보였던 헤세는 12세 때 바이올린을 능숙하게 연주했고, 처음으로 시를 썼다.

1890년에 헤세는 아들이 목사가 되기를 바라는 부모의 뜻에 따라 라틴어 학교에 입학하였지만, 어려운 라틴어 공부에 싫증을 내어 시인 이외에는 아무것도 되고 싶지 않다고 생각했다. 그러나 이듬해 7월 어렵기로 악명이 높은 주州 시험을 통과하여 마울브론 신학교에 들어갔다.

선천적으로 감수성이 풍부하고 시인을 꿈꾸는 헤세는 복종만을 강요하는 신학교의 엄격한 분위기에 적응하기 힘들었다. 결국 답답한 기숙사 생활을 견디지 못한 헤세는 그곳을 무단 탈출하였고, 한때는 자살을 시도하기도 했으나 미수에 그쳤다. 그러나 완전히 학업을 중단할 수는 없었기에 칸슈타트의 고등학교에 입학했지만, 그마저도 1년을 채우지 못한 채 중퇴하고 말았다.

극도의 절망에 빠져 방황하는 아들을 보다 못해 헤세의 아버지는 선교 출판 일을 돕도록 했다. 헤세는 그 일에도 잘 적응할 수 없어 시계 공장의 견습공으로 들어갔다. 물론 마음이 내켜서가 아니라 단지 병을 앓고 있는 어머니를 안심시켜 드리기 위해서였다. 헤세는 공장에서 일하는 시간을 제외하고는 외조부의 서재에 틀어박혀 닥치는 대로 책을 읽었다.

이 어둡고 힘들었던 시절은 헤세의 자전적 소설 〈수레바퀴 밑에서〉에 생생하게 그려져 있다. 이 작품에서 헤세는 인간의 창의성과 자유로운 의지를 짓밟고 있는 교육 현실을 신랄하게 비판했다.

1895년 10월에 헤세는 튀빙겐으로 가서 서점 점원이 되었다. 그는 이 서점에서 많은 책을 읽었고, 가까이 있는 튀빙겐 대학의 교수들과도 친교를 가지게 되었다. 헤세는 그들의 조언에 따라 시와 함께 산문을 습작했고, 틈틈이 바젤 대학에서 문학 강의를 청강하면서 홀로 문학 수업을 했다.

릴케와 독자들의 뜨거운 찬사

1898년 낭만주의 문학에 심취해 있던 헤세는 자비로 처녀시집 〈낭만적인 노래〉를 출판하였고, 이듬해에는 산문집 〈한밤중의 한 시간〉을 발간하였다. 별다른 호응을 얻지 못한 시집에 비해 산문집 〈한밤중의 한 시간〉은 많은 사람들의 관심을 끌었고, 이미 시인으로서 명성이 높았던 라이너 마리아 릴케도 좋은 평가를 해주었다.

1902년 4월에 오래 병을 앓아왔던 어머니가 세상을 떠났다. 슬픔에 빠져 있던 헤세에게 바젤의 목사 딸 엘리자베스가 위안이 되어주었지만, 그녀를 향한 헤세의 사랑은 이루어지지 못한 채 다시 이별의 아픔을 맛보아야 했다.

이듬해에 헤세는 작가로서 성공하겠다는 결심을 굳히고 서점에 사표를 낸 뒤 이탈리아로 여행을 다녀왔다. 그리고 그해 5월에는 아버지의 반대를 무릅쓰고 9세 연상의 피아니스트 마리아 베르눌리와 약혼을 했다.

1904년 2월에 출판된 최초의 장편소설 〈페터 카멘친트〉는 헤세에게 엄청난 성공을 안겨주었다. 이 소설은 스위스 고산 지대의 호반 마을에서 자라난 페터의 어린 시절부터의 정신적 성장 과정을 그린 자전적 색채가 짙은 작품이다. 이 작품으로 헤세는 일약 가장 주목할 신진 작가로 떠올랐다.

이에 용기를 얻은 헤세는 마리아 베르누이와 결혼한 뒤 스위스의 가이엔호펜에 있는 농가를 빌려 이주하였다. 헤세는 스위스의 아름다운 호반에 위치한 이 외진 마을에 정착하여 오직 창작 활동에만 전념하였다.

1905년 10월에는 〈수레바퀴 밑에서〉를 발표하여 다시 문단과 독자들로부터 큰 찬사를 받았다. 그 뒤 헤세는 가이엔호펜에 새로 집을 짓고 정원 일에 열중하는 한편, 단편집 〈피안〉, 〈이웃사람〉을 펴내고 〈어느 소년의 편지〉, 〈사랑의 희생〉, 〈그 여름의 저녁〉, 〈인생의 권태〉 등을 발표했다.

1910년 가을에는 〈게르트루트〉를 출간하였다. 헤세의 작품들 중 언어의 우아함이 가장 매력적으로 드러나 있다는 평을 듣는 이 소설은 청춘의 아픔과 슬픔을 통해 성장하는 젊은이들 세계를 잘 묘사하고 있다.

1912년에 헤세는 스위스 베른 교외로 이사하였다. 이후 헤세는

헤세에 대하여

평생을 스위스에서 살았다.

1914년 7월에 접어들면서 유럽은 제1차 세계대전의 불길에 휩싸였다. 헤세도 징병검사를 받았으나 허약하다는 이유로 불합격했다. 11월에 헤세는 〈뉴취리히신문〉에 전쟁을 반대하는 시론 〈오, 친구들이여, 제발 그렇지 않은 어조로〉를 발표하여 커다란 반향을 불러일으켰다.

1915년 7월, 헤세는 3개의 단편소설로 이루어진 서정적 단편집 〈크눌프〉를 출간했다. 구속 없는 자유를 찾아 떠도는 주인공 크눌프의 모습을 통해 젊음이 결코 충동적인 낭만만은 아니라는 것을 아름답고 감동적으로 일깨워주는 작품이다.

같은 해 8월에 로맹 롤랑이 헤세가 사는 곳을 방문하였다. 이 일을 계기로 두 사람은 평생 동안 각별한 우정을 나누게 되었다.

그러나 로맹 롤랑과의 만남이 가져다준 기쁨은 오래가지 못했다. 10월에 〈뉴취리히신문〉에 게재한 〈다시 독일에서〉는 전쟁을 반대한다는 이유로 독일 국민들의 분노를 일으켰다. 헤세는 '매국노', '병역 기피자' 등의 비난에 시달렸고, 독일의 신문들과 잡지들은 헤세의 글을 싣지 않겠다는 선언을 했다.

이듬해에도 헤세의 불행은 계속되었다. 3월에 아버지가 사망하였고, 아내의 정신병이 악화되었으며, 셋째아들이 발병하여 입원하는 일이 잇달았다. 헤세는 과로와 극심한 마음고생으로 정신과 치료를 받아야 했다.

노력하면 완전한 존재에 가까워질 수 있다

제2차 세계대전이 끝난 뒤인 1919년 5월에 헤세는 혼자서 몽타 놀라로 이주하였고, 국적도 스위스로 옮겨 재출발을 시도하였다. 6월에는 에밀 싱클레어라는 가명으로 〈데미안〉을 발표했다.

〈데미안〉은 아주 무거운 주제를 다루고 있으면서도 헤세의 소설 들 중 가장 많이 읽히고 사랑을 받은 작품이다.

> 새는 알에서 빠져나오려고 몸부림친다. 그 알은 세계다. 태어나기를 원하는 자는 한 세계를 파괴하지 않으면 안 된다. 새는 신을 향해 날아 간다. 그 신의 이름은 아브락사스다.

이 감동적인 문장은 제1차 세계대전에 의해 낡은 세계는 깨지 고, 새롭게 찾아올 세계는 어떤 것이어야 하는지를 가르쳐주고 있다.

전쟁을 겪으면서 헤세는 인간이 목표로 삼고 걸어야 할 길은 내 면의 길이라는 생각에 몰두했다. 인간이 내면의 길을 충실히 걷는 다면 세계의 개선도 가능하다는 것이 헤세의 생각이었다. 인간은 불완전한 존재지만, 더 높은 단계를 향해 부단히 노력하면 완전한 존재에 가까워질 수 있다는 믿음은 헤세의 작품들에 깔려 있는 기 본적인 생각이다.

1920년 1월, 헤세는 바젤에서 첫 수채화 개인전을 열어 호평을 들었다. 헤세에게 있어 그림은 자신의 불안한 정신을 치료하는 수단이기도 했다.

이듬해 2월과 5월에는 정신의학자로 이름을 떨치고 있던 구스타브 융으로부터 정신분석을 받았다. 단지 의사 대 환자로서가 아니라 정신분석에 대한 진지한 토론의 시간을 가진 자리였다. 이때 습득한 지식은 이후의 헤세의 작품들에 잘 반영되고 있다. 헤세의 후기 작품은 그가 융의 개념인 내향성과 외향성, 집단 무의식, 이상주의, 상징 등에 관심을 가지고 있음을 보여준다. 그의 후기 문학 활동에서의 관심은 인간 본성의 이중성에 집중되었다.

1922년 10월에는 종교소설 〈싯다르타〉를 발표하였다. 평소 동양사상에 심취해 있던 헤세가 소설의 무대를 인도로 옮겨 내면의 길을 탐색한 작품이다. 싯다르타는 석가의 어릴 때의 이름이다. 헤세는 싯다르타가 내면의 자아를 완성해가는 과정을 통해 동양과 서양이 조화를 이룰 수 있는 가능성을 제시하였다.

헤세의 결혼 생활은 행복하지 못했다. 1923년에 마리아와 이혼한 헤세는 이듬해 1월에 루트 벵어와 재혼하였다. 그러나 이 결합도 3년 만에 깨지고, 헤세는 1931년에 결혼한 니논 아우스렌더와 죽을 때까지 함께하게 된다.

조국 독일에 히틀러가 이끄는 나치 세력이 점점 기세를 떨치면서 다시 유럽의 하늘에 전운이 드리워지는 것을 헤세는 불안한 눈길로 지켜보았다. 그 불안감의 산물이 1927년 6월에 발표된 〈황야의 늑대〉이다. 이 작품의 주인공은 자신이 지성과 이성, 본능과 욕망의 두 부분으로 분리되어 있음을 고통스러워한다. 이 작품은 주인공의 내면세계에 대한 정신분석을 통해 히틀러의 집권이 가능하게 한 독일 중산층의 자기만족에 혹독한 비판을 가하고 있다.

황폐해진 인간의 정신을 치유하고 싶었던 시인

1930년 5월에는 헤세의 대표작으로 꼽히는 〈나르치스와 골드문트〉(우리나라에서는 '지와 사랑'이라는 제목으로 더 많이 알려져 있다)를 발표하였다. '우정의 역사'라는 부제가 붙어 있는 이 작품에도 헤세의 유년 시절의 경험이 많이 반영되어 있다. 두 주인공 중의 하나인 나르치스는 정신과 종교를 대변하고, 골드문트는 예술가적 기질을 대변한다. 상반된 성격의 두 주인공은 저마다의 고유한 방식으로 완전성을 추구한다.

1933년 1월에 나치가 독일의 제1당이 되고 히틀러가 총통에 취임했다. 헤세는 브레히트, 로맹 롤랑 등과 함께 파시즘과 전쟁을 반대하는 운동을 펼쳤다. 그리고 스위스로 망명해 온 사람들을 돕는 일에 힘을 쏟았다.

제2차 세계대전이 발발하면서 나치는 헤세가 독일의 적임을 공개적으로 선언하였다. 그리고 독일이 점령한 전 지역에서 헤세의 작품 유통이 금지되었다.

1943년 11월에 헤세는 그의 최후의 대작 〈유리알 유희〉를 발표하였다.

작품 속의 유리알 유희는 헤세가 창작한 것으로서 역사적으로 실재했던 것은 아니다. 이 작품은 두 차례에 걸친 세계대전으로 황폐해진 인간의 정신을 치유할 방법을 찾고 있다. 헤세가 그동안 다루어온 주제들이 작품 속에 한층 더 성숙되고 통합된 형태로 녹아들어 있다. 가상의 시대, 가상의 공간에서 진행되는 유리알 유희는 헤세가 끊임없이 추구해온 자아 성찰의 몸부림이다.

제2차 세계대전이 독일의 패망으로 끝나자 헤세는 침묵하고 있던 독일인들의 열렬한 환영을 받았다. 세계의 많은 사람들이 헤세가 행동으로, 문학으로 보여준 불의에 대한 저항 정신과 용기를 찬양했다.

1946년 9월에 헤세는 〈유리알 유희〉로 노벨문학상을 수상했다. 헤세가 존경했던 괴테를 기리기 위해 제정된 괴테상의 영예도 주어졌다. 연말에 전쟁과 정치에 대한 시사평론집 〈전쟁과 평화〉가 발간되었다.

1952년 5월에는 독일에서 헤세의 75세를 기념하는 〈헤세 전집〉 출간이 이루어졌다. 독일과 스위스 각지에서 헤세의 75세 생일을 기리는 축하 모임이 성대하게 열렸다. 이때의 축사와 강연 내용을 모은 〈헤세에 바치는 감사〉가 출판되어 그에게 전달되기도 했다.

1962년 7월에 헤세는 몽타뇰라의 명예시민이 되었다. 85세가 된 생일에는 900통이 넘는 축하 편지와 선물을 받았다.

　　그해 8월 8일 밤에 헤세는 자택 침대에서 모차르트의 피아노 소나타를 들으면서 편안히 잠들었다. 그러나 이튿날 아침, 그는 잠자는 도중에 뇌출혈로 사망한 채 발견되었다. 평화롭기 그지없는 얼굴이었다고 한다.

　　헤세의 시신은 몽타뇰라의 아츠본디오 교회 묘지에 안장되었다.

헤세에 대하여

헤세의 생각

1판 1쇄 발행일 ㅣ 2017년 9월 25일

엮은이 ㅣ 세계명작읽기모임
펴낸이 ㅣ 김채민

편집 ㅣ 홍영사
인쇄 및 제본 ㅣ 새한문화사
용지 ㅣ 한국출판지류유통

펴낸곳 ㅣ 힘찬북
출판등록 ㅣ 제410-2017-000143호
주소 ㅣ 서울특별시 마포구 망원로 94, 301호
전화 ㅣ 02-2272-2554
팩스 ㅣ 02-2272-2555
이메일 ㅣ hcbooks17@naver.com

ISBN 979-11-961655-3-6-03850